夏井いつきの「時鳥《ほととぎす》」の歳時記

夏井いつき

世界文化社

はじめに

四季を代表する季語を、一冊につき一季語ずつ、美しい写真と俳句を組み合わせてお届けしております〝ビジュアル版歳時記〟シリーズも、いよいよ三冊目となりました。

　一冊目の季語「雪」は、歳時記の分類では「天文」に当たります。二冊目の「花」は、もちろん「植物」です。今回初めて「動物」にスポットライトが当たります。しかも野生の動物です。文明の真っ只中で生きている私たち人間が、自然の中で生きる野生動物に親しむ最も簡単な機会といえば、それは野鳥を見ること、声を聞くことではないでしょうか。というわけで、シリーズの三冊目は、夏を代表する季語「時鳥《ほととぎす》」の歳時記を、ここにお届けします。

　歳時記の中で夏の巻が一番分厚いという事実を、俳句をやるようになって初めて知りました。エアコンや冷蔵庫のない時代、人々は夏の暑さに耐え、五感と心に涼しさを求め、様々な工夫を凝らしてきました。その結果、「風鈴」「打水《うちみず》」「簾《すだれ》」「かき氷」「蚊帳《かや》」「団扇《うちわ》」「釣忍《つりしのぶ》」「端居《はしい》」「納涼」「百物語」……など夏の情緒溢れる涼しさの季語が、夏の歳時記に寄せられ、夏の巻は自ずと分厚くなったというわけです。それらの膨大な季語の中から、どの季語を夏の代表とするか。今回は少々考えました。

　そして少々考えた末に、やはり夏を代表する季語は「時鳥」だと確信しました。

「そんなもの当たり前じゃないですか。時鳥が鳴いたら夏が来るからですよ」

「時鳥は夏を告げる鳥だという唱歌もあるでしょ」

と、仰る方がたくさんいるでしょう。

「古典文学を読めば一目瞭然、古来から時鳥は歌に詠まれ、語り継がれ、言い伝えられてきましたから」

なんてことをご存じの方もいらっしゃるでしょう。

　私が時鳥の名を知ったのは、句友たちと吟行をしていた時のこと。いきなり鳴き始めた鳥の声を、誰かが「時鳥よ」と教えてくれました。山の緑と青空が美しい夏の午後……。その瞬間、時鳥の声は遠い記憶を呼び覚ましました。私は確かに、あの声を父と聞いた。あれは時鳥だったのかと。時鳥の一声は瞬時に、私の過去と現在をつなぎました。時鳥の声には、そんな力があるように感じられてなりません。

考えてみれば、時鳥は万葉集の時代から読み継がれてきました。さらに、古今和歌集、新古今和歌集と歌人たちは時鳥をどう詠んできたか、静かな興味がふつふつと湧いてきました。それを繙《ひもと》いていくと、季語「時鳥」にある沢山の当て字「杜宇」「子規」「郭公」「田長鳥」などの秘密も覗けるのではないかと思い立ったのです。

本シリーズの名物となっておりますローゼン・千津のインタビュー記事。今回は、日本野鳥の会・安西英明さんにたっぷりとお話を伺いました。さらに日本俳句教育研究会事務局長・八塚秀美さんに、万葉集から新古今和歌集まで時鳥がどのような存在として詠まれてきたかについて、解説をお願いしました。分かりやすい文章で「時鳥」の歴史が分かる必読のページです。

本書を手に取られた読者の皆さんが、時鳥に純粋な興味を抱き、時鳥を見たい、聞きたい、一句詠みたい、と感じていただける歳時記にしたいという私の切なる願いが、ライターや編集者、そしてスタッフ一同の力で意図した通りのものに仕上がったと満足しております。

読者の皆さんからの投句も、回を追うごとに読み応えのある秀作が集まるようになってきました。選句する手応えとして実に嬉しく感じておりますし、句の質が向上してくると、美しい写真と組み合わせる作業がますます楽しくなってきました。

季語の魅力を深く知れば知るほど、俳句作りの新しい可能性が開けます。季節と共に生きる豊かな暮らしを日々実感できます。特に、出歩きのままならない方々にぜひ、写真と俳句によるまったく新しい季語の世界に触れていただくことで、季語の現場に立つような臨場感と興奮を味わっていただけますことを心から願ってやみません。

次回は秋の季語の女王のような「月」の歳時記をお届けする予定です。皆さんのますます旺盛な投句をお待ちしております。

二〇一八年六月

夏井いつき

万葉集・古今和歌集・新古今和歌集における

時鳥の詠まれ方の分布と推移

「時鳥」は「雪月花」と並び立つ、夏の季語として数々の句に詠まれてきました。日本人初のノーベル文学賞を受賞した川端康成が、授賞式のスピーチの冒頭でとりあげた「春は花夏ほととぎす秋は月冬雪さえて冷《すず》しかりけり」の道元禅師の和歌も有名です。

このページでは、季語「時鳥」のイメージに大きく影響を与えたと思われる、『万葉集』『古今和歌集』『新古今和歌集』で「時鳥」がどのように詠まれているかを分布グラフにしました。

このページの分布をもとにした、「時鳥」という季語のイメージの解説は、Part6「時鳥・季語詳説」にあります。

『万葉集』

770〜785年頃成立か？
全4516首。うち時鳥168首注1

『万葉集』で最も多く詠まれた動物は時鳥です。花や鳥を客観的な景物として詠み込んだ歌が作られ始めるのは、『万葉集』の後期からですが、『万葉集』の編者と考えられている大伴家持は、時鳥を大変好み、家持の479首中、64首（時鳥だと思われる3987の歌を入れると65首）も詠んでいます。これは、『万葉集』中の時鳥の歌の約4割にあたります。

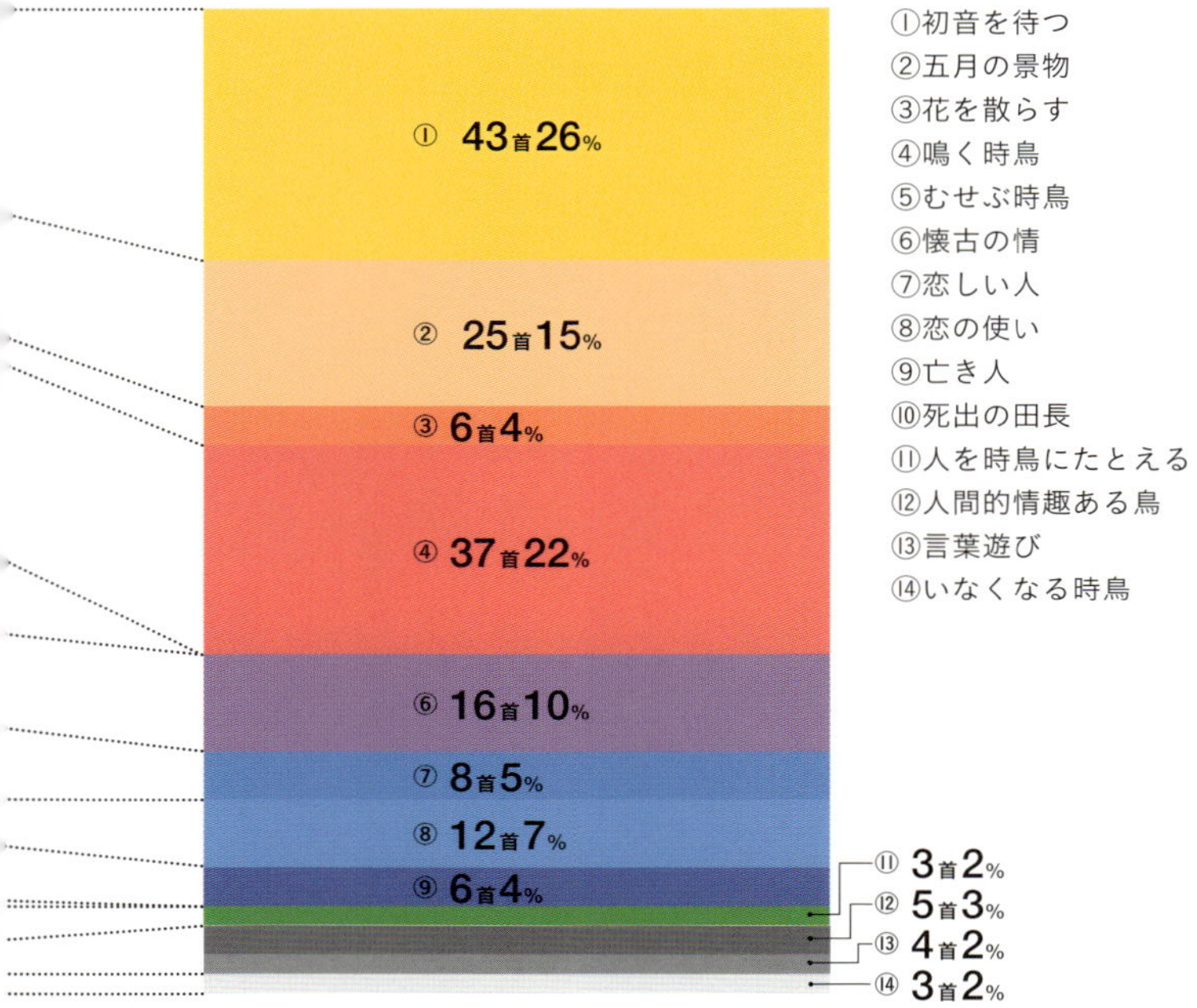

万葉集における大伴家持《おおとものやかもち》の時鳥の歌の分布

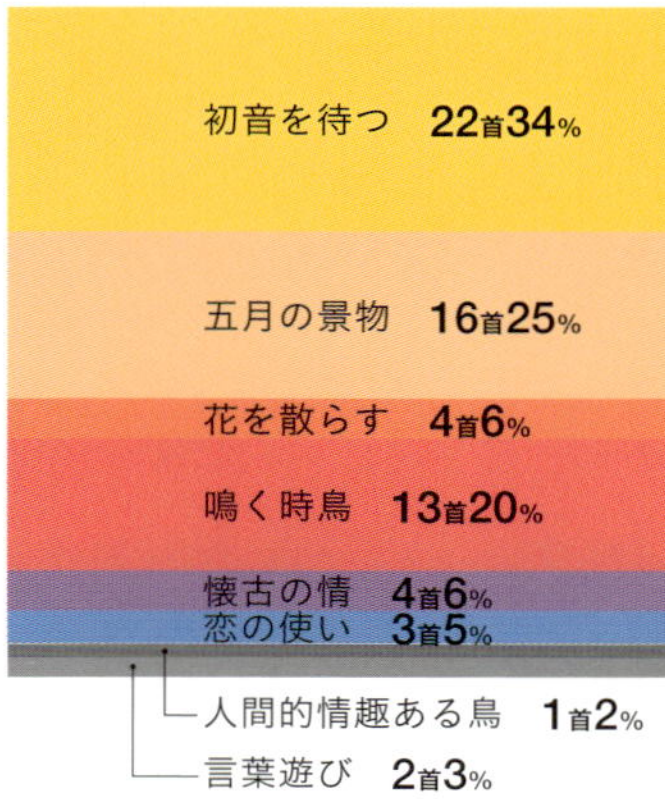

『古今和歌集』

905年成立か？
全1111首。うち時鳥45首

『古今和歌集』の四季の歌によって、推移し循環する王朝の四季の様式美が完成し、花紅葉、花鳥風月、雪月花の美学が確立したと言われています。まさに俳句の季語につながるものです。

『新古今和歌集』

1216年成立か？
全1979首。うち時鳥46首

『新古今和歌集』は、「本歌取り」「物語取り」「漢詩取り」など古典世界と重層的に詠んだ歌が増えてきます。時鳥の歌にも、『万葉集』や『古今和歌集』をもとにしたものがあります。単なる叙景歌をこえて、非現実の叙景歌も増えてきます。

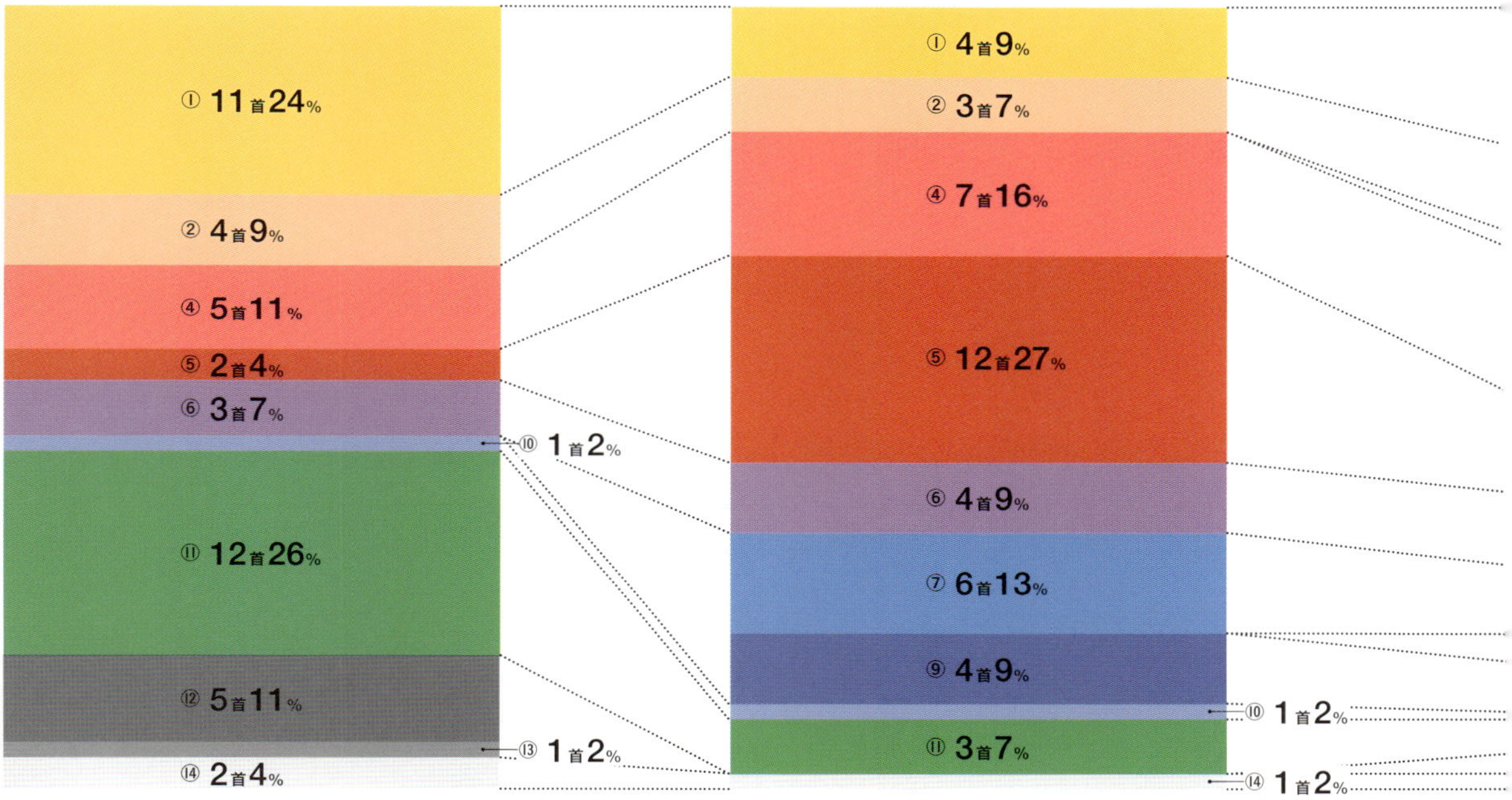

万葉集の時鳥の歌の中で大伴家持の歌が占める割合

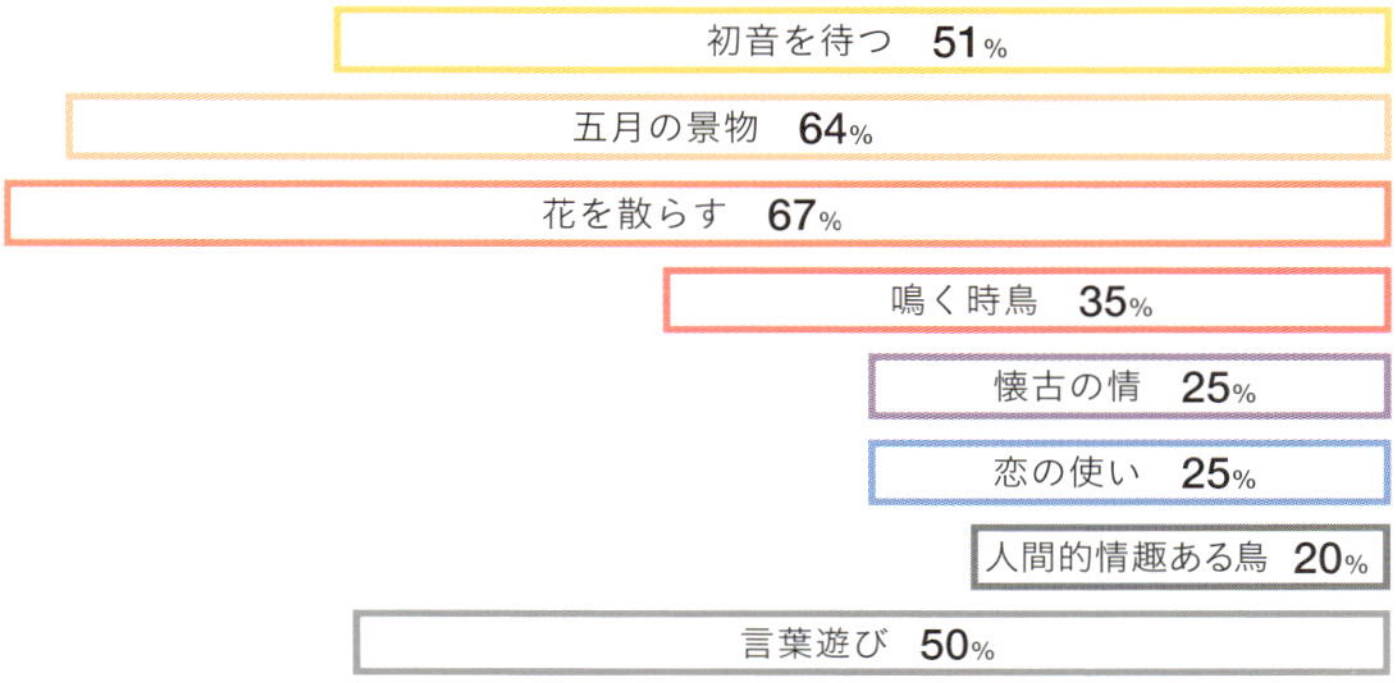

注1『万葉集』の分布グラフを作るにあたっては、「呼子鳥」「貌鳥」などの実際に何の鳥なのか分からないものの、「時鳥」の可能性をもった歌15首も時鳥としてカウントしました。
※ 歌集中に詠まれていない項目については0%と記載せず省略しています。
※ グラフ中のパーセンテージは四捨五入しているため、合計は100%になりません。

夏井いつきの「時鳥」の歳時記

目次

Part 1

時鳥の名句を味わう

山が生い茂る頃、光は徐々に熱を強め、
新しい季節が始まります。
和歌の様式美の中で育まれ、
多くの異名を持つ「時鳥」。
勇ましく山に臨み、人里に戯れ、古都を滑空する。
「とっきょきょかきょく」「てっぺんかけたか」、
時鳥の鳴く声を遠くに想像し、
写真とともに名句を味わってみましょう。

谺して山ほととぎすほしいまゝ

杉田久女

滝落つる天の破れやほとゝぎす
松根東洋城

山々は萌黄淺黄やほとゝぎす
正岡子規

手盛りして飯食ふ宿やほとゝぎす
幸田露伴

飛騨の生れ名はとうといふほととぎす

高浜虚子

水晶を夜切る谷や時鳥

泉鏡花

臼程の月が出たとや時鳥

小林一茶

ほととぎす新墾に火を走らする

橋本多佳子

野を横に馬牽むけよほとゝぎす

松尾芭蕉

ほとゝぎす平安城を筋違に

与謝蕪村

column1

時鳥を知ろう① 美しい鳴き声と特徴的な模様

腹のストライプがポイント

5月中旬になると屋久島以北の山地の林に飛来し、毛虫などを好んで食べるホトトギス。全長は28㎝ほどで、ボーダーシャツを着ているかのような、腹の横縞が特徴的です。メスのなかには、赤茶がかった赤色型もいますが、一般的には頭から背にかけて青みがかった灰色をしていて、翼は黒褐色。

同じカッコウ科のカッコウやツツドリも似たような外見的特徴をしているので囀《さえず》りで判断しましょう。

鳴き声を聞いてみよう

「特許許可局」や「本尊掛けたか」といった聞きなしで有名なホトトギスの囀りはオスが発するもの。繁殖期になると飛びながら鳴いたり、夜通し鳴くこともある。

＊お手持ちのスマートフォンのQRコードリーダーから読み込んでください。
＊音が流れますので、音量にご注意ください。
©上田ネイチャーサウンド

Part 2

旅路を行けば

時鳥が旅を先導する。草生い茂る野、
湖の静けさ、月の夜や蒸される昼の道。
涼やかに、ときに鋭く切なく懐かしく、
旅人の帰心を誘います。時鳥に巡り合った時刻、
時鳥を取り巻く風景の中に身を置いた自分を想像し、
時鳥の変幻自在な音色に耳を澄ましてみましょう。

ほととぎす何もなき野の門構

野沢凡兆

段々の水田こだまにほととぎす
森澄雄

時鳥知らせたる空の決壊
温湿布

この山はまだ火噴かぬと時鳥
マオ

ほととぎす腹がしぶつて堪らぬよ
筑紫磐井

終点の雲ひんやりとほととぎす
佐藤儒艮

ほととぎす青年はみな山を越え
井上じろ

静かなる百の風穴ほととぎす

歌鈴

夥しき貝の化石や時鳥

せり坊

縄文の琴・鈴・笛や時鳥

福良ちどり

吊り橋の揺れる蹠へほととぎす
しゃれこうべの妻

杜鵑翳る北壁岳樺
野風

ほととぎす太陽は今南中す
鯛飯

ほととぎす本尊一木造りにて　山本洋子

仏彫る木屑の熱や時鳥　阿蘇二二鷲三ピーマン

不如帰怒りの声の色は紅　豊田すばる

ほととぎす鳴きて入りけり南禅寺

立花北枝

不如帰鬼と名乗りし寺をとこ

としなり

門前の一本うどん時鳥

ももたもも

空つぽの要塞跡や時鳥

根本葉音

雨粒の籠つたひをるほととぎす

大木あまり

ほとゝぎす夕影深くなりにけり

日野草城

ほととぎす星は研磨に出しました
めいおう星

ほとゝぎす口すゝぐ間も夜の白む　相馬遷子

食のまま沈みゆく月ほとゝぎす　ほろよい

古言の津波の石碑不如帰　桃猫雪子

湖へ神輿さし出てほととぎす
炭太祇

花嫁のための晴天ほととぎす
小野更紗

毘沙門の水ひかひかと時鳥
ヒカリゴケ

鉄の香の澱む厨や時鳥
武井かま猫

時鳥の声閉ぢ込めて出棺す
桜井教人

不如帰藪に飲まるる妣の家
国東町子

column2

時鳥を知ろう② 托卵の習性

ウグイスの巣に卵を産みつけにきたホトトギスが、
ウグイスの卵をくわえ出したところ。

＊繁殖中の撮影は影響が大きいことから巣やひなの写真を掲載しない雑誌もありますが、
ここでは、野鳥の生態を科学的に伝えるために、あえて繁殖中の野鳥の写真を掲載しました。

ホトトギスの子育ては他人任せ？

カッコウ科の鳥（カッコウ、ツツドリ、ジュウイチ、ホトトギス）は、いずれも巣を作らず、他の鳥の巣に卵を入れ育てさせます。この習性を托卵《たくらん》といい、ホトトギスはおもにウグイスの巣に卵を産みつけることで有名。

ホトトギスの卵もウグイスの卵も、柄のない赤茶色をしていて、一見よく似ていることから托卵しやすいと言われていますが、その繁殖成功率は３％という研究結果もあるほど意外と低いのです。

托卵されるウグイスとは？

囀りが「法法華経」と聞きなしされるウグイスは日本全国に分布する留鳥。托卵されるのを防ぐため、ホトトギスに対して威嚇攻撃する姿も見られる。

Part 3

耳をすませば

初夏を告ぐ「時鳥」。
初めて聴いた鳴き声を「初音《はつね》」と呼ぶなど、
美しい声は古くから人々を惹きつけてきました。
ふいに聴こえてくる声に、姿を探すも、
目にすることは叶わない。
しかし、そこに確かにある美しい鳴き声。
時鳥を詠んだ十七音の向こうにある、
人間の思いと情緒を深く味わってみましょう。

木の卓にレモンまろべりほととぎす

草間時彦

ほとゝぎす山家も薔薇の垣を結ふ

川端茅舎

靄に濃き朝刊の香や時鳥

キラキラヒカル

ほととぎす分校だより第一号

さるぼぼ

森眠るまで此処にいて時鳥

城内幸江

ほととぎす鳴く方の窓開けておく
星野椿

こんなとき正論さびしほととぎす
ほしの有紀

ほととぎす膨らむ咽の熱へ雨
トポル

時鳥くちびると云ふ役立たず
土井探花

時鳥月光鈍き変電所

星埜徽円

ほととぎす彗星つかめさうな湖

すりいぴい

昼は火を夜は星吐け時鳥

24516

ただ月を見て泣きました子規

モッツァレラえのくし

ほととぎすここが最も高みの温泉
高濱年尾

源泉は川床と聞く時鳥
うさぎまんじゅう

時鳥鳴きて黒曜石を裂く
くるみだんご

陶窯の火の色白しほととぎす
持丸子燕

ほととぎす足袋ぬぎ捨てし青畳

鈴木真砂女

母居ナイ父許セナイ霍公鳥

ちゃうりん

手の甲も酔ひのくれなゐほととぎす

赤松蕙子

浴身へふいの匕首ほととぎす

熊谷愛子

妻が来し日の夜はかなしほとゝぎす　石田波郷

湯浴みせし異形の胸や時鳥　木下ラーラ

時鳥さみしいときの深呼吸　富山の露玉

column3

時鳥に会いに行こう

野鳥観察はやさしいきもちで

ホトトギスの外見的特徴や習性をつかんだら、実際に会いに行きましょう。バードウォッチングは、老若男女問わず楽しめる趣味のひとつです。自由に飛び回る鳥たちの姿を観察するだけで、日々のストレスから解放されることでしょう。

ただ、忘れてはならないのは、私たち人間は鳥やその他野生動物の住処《すみか》にお邪魔する立場だということ。左で紹介する「やさしいきもち」を合言葉に、森や林に出かけてください。

合言葉は「やさしいきもち」

- や　野外活動、無理なく楽しく
- さ　採集は控えて、自然はそのままに
- し　静かに、そーっと
- い　一本道、道からはずれないで
- き　気をつけよう、写真、給餌、人への迷惑
- も　持って帰ろう、思い出とゴミ
- ち　近づかないで、野鳥の巣

日本野鳥の会『バードウォッチングBOOK』より

あると便利な物

双眼鏡

倍率は8～10倍のものが最適。対物レンズは口径30㎜くらいのものを。

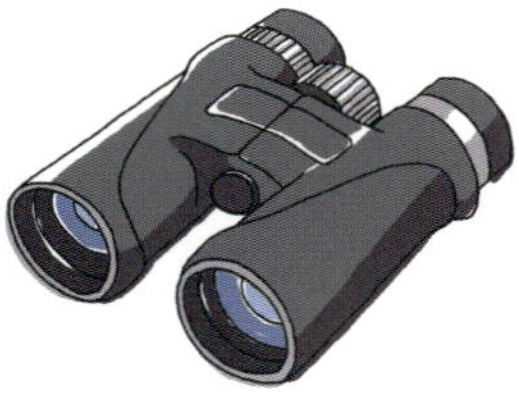

野鳥図鑑

写真より個体差に左右されずに特徴が分かるイラストタイプがベター。

長靴

水辺での観察なら長靴がおすすめ。スニーカーなら履きなれたものを。

カメラやノート

写真を撮ったり、観察記録をつけたりして、思い出を振り返ろう。

その他、帽子、ポンチョやカッパなどの雨具があるといいでしょう。また、紫外線や虫刺され対策として服装は長袖・長ズボンがおすすめです。

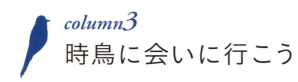

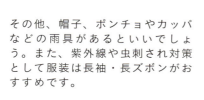

Part 4

両翼に風受けて

遠くで劈《つんざ》くように鳴く声、
どこに隠れているのか姿が見えない。
渡り鳥である「時鳥」は、遥か海を越えて
やってきて、山中にその声を響かせます。
猛々しくまた繊細さを備えた時鳥の声に、
人は朝靄《あさもや》の光や水の気配などの、
時鳥が見たであろう風景を
思い描くのかもしれません。

朝青くもれる山にほととぎす

茨木和生

時鳥なくや湖水のさゝ濁り
内藤丈草

樹はしづか水面もしづか時鳥
蓼科川奈

おとがひは湧水に濡れ時鳥
中山月波

時鳥統べる霊園一万基
こなぎ

ほととぎす生まれなかった子の名前
樫の木

早苗鳥乳房濡れるが可笑しいか
七瀬ゆきこ

ほととぎす瀬音も朝へ引緊る　馬場移公子

源流は星出づる山ほととぎす　一走人

白山の白斑らなりほととぎす　めぐみの樹

ＣＱＣＱ時鳥鉄塔の上

薄荷光

山々は稜線張りぬほととぎす

正木ゆう子

カルデラへ声落しゆく杜宇

あまぶー

水に根のひろがる夜の時鳥

夏井いつき

column4

時鳥という名の花

似た模様をもつ紫色の花

花の斑点模様がホトトギス（鳥）の腹の横縞模様と似ていることから「ホトトギス」と名づけられました。また、葉にも油染みのような斑点が入ることから別名「油点草（ユテンソウ）」とも言われています。

花は1つの枝から、1〜3輪ずつ分岐して開花します。開花期は7月ぐらいから始まり、ピークは8〜9月。日本列島に幅広く咲いていることから、日本が原産であると推定されています。

花の地色は白色だが、紫色の斑点により花全体が淡い紫色に見える。

DATA

ホトトギス（Tricyrtis hirta）
科名：ユリ科ホトトギス属
和名：杜鵑草
分類：多年生植物
開花時期：夏〜秋
分布：北海道から
　　　九州にかけて広く分布
草丈：40〜100㎝
花被片：６枚
生育地：雑木林や低山の半日陰など

Part 5

時鳥の秘密・野鳥のサイエンス

時鳥は初夏に南方から渡ってきて、日本に夏を告げる鳥。俳句では春の花、秋の月、冬の雪に並ぶ夏の季語の代表でもあります。時鳥の鳴き声や托卵の習性の謎を、自然科学の分野から解明。時鳥の生態を知り、野生の姿を身近に感じましょう。なお、本章では時鳥をはじめとする生物種の名前は、鳥学会の目録に準じてカタカナで表記しています。

|解説|

公益財団法人 日本野鳥の会 理事・主席研究員
安西英明（あんざい・ひであき）

1981年、日本初の民間野鳥保護区「ウトナイ湖サンクチュアリ」に初代レンジャーとして着任。以後、野鳥や自然観察、環境教育などをテーマに講演、ツアー講師として全国、世界各地を回る。企業へは生物多様性、持続可能性をテーマとした講演のほか、敷地内の生き物調査の指導も行う。著書は多数あり、解説を担当した野鳥図鑑は発行部数45万部を超える。

聞き手：ローゼン千津

愛媛県生まれ。夏井いつき率いる俳句集団「いつき組」俳人。アメリカ人チェリストの夫と山中湖に住む。夏井いつきの実妹でスキーが趣味。

姿が似ている カッコウ科の鳥たち

ツツドリ
九州以北の山地に飛来し、主にセンダイムシクイに托卵する。

カッコウ
腹の縞模様はツツドリよりも細く薄い。ノビタキ、モズなどに托卵する。

ジュウイチ
腹の模様が赤みを帯びているものが多い。
コルリ、オオルリに托卵することが多い。

ホトトギス
ウグイスなどに托卵。腹の横縞はカッコウよりも太く少ないと言われている。

ホトトギスを詠む

ローゼン（以下、ロ）　はじめまして。新刊のご執筆中にお時間を作っていただき、ありがとうございます。

安西（以下、安）　夏井いつき先生のテレビの俳句コーナー、かみさんが見ています。私は、俳句をやる仲間に鳥のこと聞かれて偉そうに語っていますが、逆に俳句は分かんないから、こういうご縁があれば俳句も勉強したいな、と思っていました。

ロ　大歓迎ですよ！　数ある鳥の中で、俳句ではホトトギスの人気が高いです。「雪月花」のような大季語と並んで、ホトトギスがなぜ夏を代表する季語になったのか？　ホトトギスの鳴き声や托卵《たくらん》の習性などについてお聞きすれば、この謎が解明できるのではないかと、日本野鳥の会をお訪ねしました。

安　ホトトギスが夏鳥の代表とはうれしい限り。まず渡りの時期がよかったんでしょうね。5月の中旬、ちょうど田植えの時期。日本の農作業の大きな節目に飛んできて鳴く。ウグイスが歌い出すのは3月、ツバメが渡ってくるのは4月、ホトトギスは5月だった、というのが大きいでしょう。中国にもホトトギスがいましてね、中国での物語が多い。日本の文化には、中国から伝わったものが少なくありませんからね。

ロ　おっしゃる通りです。中国でも日本でも、ホトトギスは、「農耕を司る帝王の化身」とか、「死出《しで》の山を越え田植えを励ましにくる田長《たおさ》」などの言い伝えになっていますね。雪と桜は豊作の象徴、お月見も豊年の祝い、ホトトギスもまた勧農鳥《かんのうちょう》として親しまれてきたのでしょう。私の住んでいる富士山麓でも、5月中旬、雪解けの山肌に、「農鳥《のうとり》」と呼ばれる残雪の雪形が見えたら、田植え開始です。田んぼから富士を仰ぐと、青い山肌に真っ白な農鳥の雪形が見え、ホトトギスの囀《さえず》りが山に響きます。

囀りの秘密

安　渡りの時期の次に言えるのが、ホトトギスの声の特質ですね。鳴き声が分かりやすいというのが一つありますが、ウグイスの声だって分かりやすいですから。ホトトギスには、鳥だか魔物だか分かんない、あのでかい声と、夜飛びながら鳴いて姿は見えない、というミステリアスなところがありましてね。

ロ　ミステリアス！　ホトトギスにあり、他の鳥にないポイントですね。

安 なんで夜鳴くのか、なんで声がでかいのかって、そこなんですよ。声はでかくなきゃいけない。飛びながら、夜も鳴かなきゃいけない。鳥には、囀り（歌）と地鳴きという2種類の鳴き声があります。ウグイスだったら、「ジャッ、ジャッ」が地鳴き、「ホーホケキョ」が囀り。単純で地味なのが地鳴き。声が通って美しく、リズムや節回しがあり、繁殖期のオスがメスを呼び、縄張りを宣言する目的で鳴くのが囀りです。ウグイスのメスは、春になっても「ホーホケキョ」とは歌わないです。ホトトギスのオスは「ホトトギス」と歌いますが、メスは「ピピピ」って地鳴きだけ（と、専用のタッチペンでなぞると囀りの音声が流れる図鑑を開いて囀りを流す）。ツツドリのオスは「ポポ、ポポ」。カッコウのオスは「カッコウ」。

小鳥のオスは、自分の縄張りで歌い、メスを呼びます。メスがきてオスが選ばれれば、ペアとなります。その後の巣作り、産卵、抱卵、育雛《いくすう》は、スズメやツバメなどは雌雄で行いますが、ウグイスは違います。ウグイスのオスは縄張り防衛に徹して歌い続け、一夫多妻になるものもいます。それでも夜まで歌うことはしませんが、ホトトギスのオスは夜も歌うし、さらに声が大きい。それは托卵という習性と関係があります。他の鳥に卵を預けるという作戦は、成功率が高いとは思えません。成功率が高ければ、仮親になる鳥が減ってしまうでしょう。一方、托卵で子孫を残していく側は、できるだけ複数の巣に卵を産み込まなくてはならないはず。つまりウグイスに托卵するホトトギスの場合、複数のウグイスの縄張りを含んだ広い縄張りを設定・防衛できないオスは、メスに選ばれないと思われます。

ロ ホトトギスのオスは大きな声で、歌い続けないとならないわけですね。

安 ホトトギスに限らず、夏鳥の多くはメスよりオスが早く飛来します。いいオスほど早く渡ってきて、いい縄張りを構えることでメスに選ばれていくはずですから。

ロ オスは渡り途中でも歌いだすのが、なんとなく分かる気がします。ところで、カッコウ、ホトトギス、ツツドリ、ジュウイチはよく似ていますね。

安 だからこそ、オスの歌がそれぞれ特徴的なんです。メスがオスを選ぶのが原則ですから、メスが違う種のオスを選ばないように、姿が似ている鳥たちは、ラブソングがまったく違うんです。

ロ ロマンチックですね、歌で相手を選ぶなんて。

安 ロマンチックというか、もっと切実。メスがオスを選ぶ時、違う種で結婚しちゃうと子供ができない。どれだけ姿が似ていても、メスは同じ種のオスを選ばないといけないから、オスの歌が独自に進化してきた。かつて恐竜だった鳥類は、今日地球上に約1万種。その半数以上は小鳥の仲間なので、恐竜は滅び、小鳥が繁栄していると言えましょう。小鳥の共通点として「小さい」以外に、「跳ねる」「オスが歌う」があります。恐竜時代の植物はシダ植物でしたが、やがて種子植物が生まれ、森ができ、森によって多様化したのが小鳥なんです。私たちは花を愛《め》でたり、実を食べたりしていますが、蜜をもらって花粉を運ぶ虫、実を食べてタネをフンで運ぶ小鳥などとの共進化の結果として、今日の植物の世界があるんです。歴史的に古い鳥は恐竜と同じトコトコ歩きですが、森の枝先で虫や木の実を食べる鳥は、小さくなり、跳ねて移動するようになりました。また、メスにアピールする側のオスは、派手になったり踊ったりするようにもなりましたが、茂った森では歌が効果的なので囀りが発達しました。小鳥は学習しながら複雑な歌を歌えるようになりましたが、ホトトギスは小鳥ではないので、学習して複雑に歌うことはできません。

ロ　なるほど本能的に歌うんですね！　だからか、私にはまるで叫びのように聞こえます。

安　ローゼンさん、山中湖にお住まいだからキビタキとか、オオルリとか聞くでしょ？

ロ　オオルリ見ます、聞きます。サンコウチョウも聞きました、生まれて初めて。

安　サンコウチョウもね、「ピヨロピホイホイホイ」って歌の、「ホイホイ」は一緒だけど、「ピヨロピ」という前奏が、「ピヨピ」だったり「ピヨピヨピ」だったり。ウグイスだって「ホーホケキョ」だけじゃない。「ホーキョ」や、「ホーホホケキョケキョ」や、「ケキョケキョケキョ」と歌う。でもホトトギスのオスは、歌のバリエーションが少ないから逆に聞き取りやすい。それもホトトギスの人気の理由の一つですね。

ロ　なるほど！　人間の耳には「ホトトギス」くらいが分かりやすい。だから「特許許可局」などの聞きなし※1がたくさんできた。

安　結局、「特許許可局」と同じような聞きなししかない。「テッペンカケタカ」が「テッペンハゲタカ」でも別にいいんです（笑）。聞きなしは遊ぶため覚えるため、人が勝手に自分がどう聞くかを言ってるだけで、歌そのものには変化がない。ホトトギスの囀りは、「ホトトギスス」と「ホトトギス」の2つだけ。ほんの一音の違い。キジバトも「デデッポポー」ね。アカショウビンは「ヒョロロー」、もう単純、これだけ。ところがクロツグミは、「キョロキョロキョコキョコ」とか「キョロキョロキョコチチ」だったり、たくさんバリエーションがある。小鳥の歌は何パターンもあり、小鳥じゃない鳥は一本調子。

ロ　ホトトギスの一本調子な、素朴な歌が人間の本能に訴え、夜飛びながら囀る習性が、人の想像力をかきたて神話となった。安西先生のお好きな鳥や、これは珍しいという囀りはありますか？

安　鳥は何でも好きですが、珍しい囀りというか、気にかけているのが、スズメが交尾の時だけ発する「ヒヨヒヨヒヨ」という鳴き方です。松田道生さんという鳥の声の研究や録音をしている方が、この声を録音したので、NHKラジオの毎週日曜の朝、私が解説役をしていた番組で流しました。オスの声なのか、メスの声なのかがよく分からなかったからです。視聴者からは、「ヒヨヒヨヒヨ」はオスが鳴いた、メスが鳴いた、といろいろ返ってきたので、どうも雌雄ともに発するようですが、いずれにせよ、この声が分かれば、交尾の瞬間を観察できます。スズメは「チュン」のほか「ピヨ」とか「ジジジ」とかさまざまな声を発しますが、交尾の時の声はとても柔らかい声です。カワラヒワという小鳥が「キリキリッ」と鳴きますが、これをもっと優しくしたような声です。小林清之介という動物文学者は、エンマコオロギの声に近いとどこかに書いていました。私はこの声をずっと気にかけているのですが、3年前だったかな。この声を発しないで交尾しているスズメを見たことがあります。小さな声なのでたまたま聞き取れなかった可能性もありますが、私はメスにその気がなかったんじゃないかな、とも思っています。毎年気にしているものだから、ある時、うちのかみさんが「この声はオスメスのいずれかではなく、交尾を誘う側が出しているんじゃない？」と言うんで、今はそうかもしれないと思っています。

ロ　奥様と共通の話題が「スズメの交尾の声」とは！　メスの誘いはどんな様子ですか？

安　交尾を誘う側は翼をばたつかせているように思えるのですが、確かなのは、メスが交尾に同意する姿勢。これは多くの鳥に共通していて、姿勢を低くします。ただ、その前に雌雄いずれかが「ヒヨヒヨヒヨ」と鳴いているようなので、是非多くの方に観察していただきたいと思っています。ホトトギスの声は珍しくない。ホトトギスは数も減ってはいないようだから、5月中旬から6月初旬、夜耳澄ましたら、町中でもどこでも聞けます。渡りの原則は夜。渡っている最中でも繁殖が近くなると、オスはもう歌い出しちゃうから、ホトトギスって全国的※2に声が聞けるんですよ。

ロ　それも人気の理由でしょうね。いよいよ、ホトトギスのもう一つの特徴、「托卵」の習性についてお聞きします。姉が、「托卵鳥と宿主の攻防」、いたちごっこみたいなエピソードをぜひ聞いてこいって。

※1　聞きなしとは、動物の鳴き声、主に鳥の囀りを人間の言葉に当てはめ、意味を付加して覚えやすくしたもの。ホオジロの「一筆啓上仕り候」「サッポロラーメンミソラーメン」、メジロの「長兵衛、中兵衛、長中兵衛」、ツバメの「土食って虫食って口渋い」など面白いものが多々ある。

※2　北海道では少なく、沖縄県など南方では繁殖しない鳥もある。

托卵の真実

安　托卵ってずるい習性と思われてますよね？

ロ　私は思ってませんが、そう思う人もいるかもしれません。

安　以前、私が野鳥の会の札幌支部から聞いた話、毎年「カッコウ調査」をやるたび、札幌市民からクレームがくる。とうとう札幌市にまでクレームが及び、「托卵なんぞをやるずる賢い鳥を市の鳥にすること自体けしからん」と言う人もいたそうです。

ロ　今回ぜひ、ずるい托卵のイメージから離れ、あるがままの「托卵」をテーマに一句詠みましょう。

安　これは、「なぜホトトギスが好かれるか？」という問いの答えでもあるんですが、ホトトギスは野鳥です、籠の鳥じゃないんです。あるがままの自然を基準に野生の側の視点で見なくちゃ見えてこない。生き残って当たり前、今晩何食おう、来週どこ行こう、なんて発想は人間だけ。野生の命は日々サバイバル、他の命に食われて当たり前。托卵の話は、だからこそ面白いんです。野生の命のミッション「どう子孫を残すか」の中で、「子育て」自体が特殊な戦略なわけです。今地球で分かっている生物種がおよそ200万種、一番多い昆虫は100万種。地球は虫の惑星だと言う人もいる。鳥が約1万種、哺乳類が約5000から6000種。マンボウなんて卵を3億個も産む、植物の種子もそう、たくさん産んで、ばらまいてやっと命が続く。ところが、哺乳類は数頭、鳥は卵数個～十個前後。ものすごい少子化です。たくさん産まない代わりに大事に守って生存率を上げていく子育ては、人間を含めた哺乳類と鳥だけが持っている習性なんです。

　恐竜時代後半、地面に卵を産む際、巣を作るようになりましたが、地上の巣は危ないので、孵化するとすぐに巣を離れます。今でも小鳥より歴史が古いキジやカモなどは地上営巣で、孵化した雛《ひな》はすぐに歩いて巣を離れます。やがて、森の木に巣を作るようになった小鳥のように、巣内で雛を育ててから巣立たせる鳥たちも進化しましたが、どこかで同じ種の巣に卵を産むものが現れ（種内托卵と呼ぶ）、また、どこかでなぜか違う種の巣にも卵を産み込むような鳥も現れ、今日のホトトギスやカッコウのような習性ができてきました……ですが、成功率は高くないので、自分で子育てするのが普通なのではないでしょうか？

ロ　ウグイスは、ホトトギスの卵を見つけたらどうしますか？

安　ウグイスは結構な割合でホトトギスの卵を受け入れているようで、ホトトギスの卵はウグイスと同じ赤茶色ということも功を奏しているかも知れません。カッコウでは卵を預ける相手はモズやホオジロ、近年になってからオナガなど何種か知られています。

種を乗り換えるような攻防があるのは、巣の主が托卵を見破って巣を放棄することもあるからでしょう。鳥は原則的に卵を全部産み終えてから抱卵します。産んだそばから抱いちゃうと、雛の孵化が不揃いになり、給餌も大変になるからです。ホトトギスやカッコウは、仮親が予定数を生み終えて抱卵に入る前を狙っていて、仮親が巣を離れるのを待って、多くの場合仮親の卵を1個くわえ出してから、自らの卵を1個産み込みます。次の作戦は、雛が孵《かえ》った後。雛の口がでかく、口の中の色が目立つのは、仮親に餌を貰う子供の戦略なんです。巣の中に怪しい卵があっても、2週間以内に孵化しちゃう。雛が孵ったが最後、まず親は捨てない。ちょっとこいつでかいな、と思ったところで、「くれくれ」って口を開かれると、もう親の気持ちが耐えられない。特にカッコウの仲間の雛は軒並み口がでかく、口の中の色が鮮やか。仮親に捨てられない仕組みです。

口　ミッション・インポッシブルみたいな作戦！　赤い口にもサバイバルの鍵があったのですね！　俳句の世界では、俳人の正岡子規が結核の喀血の後で、口の中が真っ赤な「子規」の俳号をつけました。哀しくて切なくて勇気づけられる話ですが、そのような物語も生まれるべくして生まれた、と思えます。ホトトギスを詠むことは、野生の命を詠むこと。人間が失いつつある野生への憧れこそ、ホトトギスが愛され、歌に詠まれ続ける理由ですね。

野生の命

安　日本野鳥の会創設者中西悟堂《ごどう》も、最初は鳥を飼ってたんです。籠で飼うのは可哀想だと放し飼いにした。それもやめて、野の鳥は野で見ようと、日本野鳥の会が昭和9年にできました。中西悟堂は懸命に囀る小鳥を見て、「生命の最も鮮やかな証拠であるように思えた」と書いています。自然に親しむ、季節を楽しむ素材として鳥は一番のお勧め。囀りは身近に聞けて興味を引きやすく、子育てしている鳥の姿は人間にも理解しやすい。今この時、自分、命、自然、宇宙、そういったものを理解する素材として野鳥から入る、ということ。野鳥の会は見て楽しむだけでなく、目が不自由な方なら鳥の声を聞いて楽しむ。また、俳句を詠む、写真を撮る、声を録音する、研究する……さまざまな楽しみ方があるんです。鳥のことは分からないけれど、鳥が好きで守りたいからと野鳥の会の会費を払ってる方もいっぱいいます。いつきさんの出ている俳句の番組で、「俳句の空間・視点」という話をされているのを聞いて以来、僕も俳句を勉強したいと思っていました。「なんで鳥がいいかって、彼らは俯瞰《ふかん》するからいい」「環境全体を見るという意味で、鳥の目線が大事」と、野鳥の会現会長の柳生《やぎゅう》博は言っています。俳句でホトトギスの次によく詠まれるのがガン（雁《かり》）でしょ。ガンがロシアから渡ってくる時、昔は湿原で冬を越したけど、今は湿原がなくなっちゃった。だけど日本にきたら田んぼがあるじゃないか、と。そりゃね、渡り鳥がロシアから飛んできて下見たら、日本の田んぼだらけっていうのは、昔の湿原がよみがえったみたいなもんですよ。

ロ　ガンの特集もやりたくなります。安西先生は、ホトトギスにまつわる個人的な思い出がありますか？

安　僕にとってホトトギスと言えば忘れられない、忘れてならないのが柳生真吾です。柳生博の息子の真吾ちゃんは園芸家で、NHK『趣味の園芸』のナビゲーターで大変人気があった。番組を辞めなきゃならなかったのは声が出なくなったから。咽頭がんでね。まだ40代だったんですけど。亡くなる前、柳生博一家で作ってきた八ヶ岳の森の近くに入院してて、もう声出ないから、筆談だったそう。柳生博から聞いた話ですが、4月の中旬に行ったら、「親父、カタクリ咲いたか」って、真吾ちゃんが書く。柳生博が親父として、「おお、カタクリ咲いたぞ」って答える。カタクリの花の次に楽しみなのが夏鳥。「親父、キビタキきたか」って。東南アジアから飛来するツバメは4月初旬、続いて下旬までにキビタキが姿を見せる。ちょうどその日、柳生博は自分の森でキビタキを見ていたので、「キビタキきたぞ」って言えた。で、5月2日の朝にね、「親父、ホトトギスきたか」って。まだ5月初旬だから、少し早いわけですよ。だから、柳生博は「ホトトギスもうじきくるからな」って。その晩真吾ちゃんは亡くなってしまうんです……5月の中旬過ぎに、柳生博一家で作ってきた森でお別れの会をやったらホトトギスがいっぱい鳴いてね。だから私はホトトギスというと、もう真吾ちゃんのことを思い出しちゃって……（絶句）。

ロ　私、今のお話聞いて『源氏物語』を思い出しました。光源氏が亡き紫の上を偲んでいると、ホトトギスの忍び音が聞こえて、ああ、黄泉《よみ》の国から逢いにきてくれたのか、というくだり。昔からそういう、人の想いを託せる鳥だったんじゃないでしょうか。この真吾さんとホトトギスのお話を本書に書かせていただいてもよろしいでしょうか？

安　半分は柳生博に聞いた話ですから、柳生さんに「いいかな？」って聞いてみますか。

ロ　ぜひお願いします。正岡子規の逸話以来です、こんなに感動する話は。私もホトトギスの声を聞くたび、あれは真吾さんかな、って思うでしょうね。ホトトギスや野鳥への共感が益々深まる思いです。読者の皆さんが「やさしいきもち（P48参照）」で野鳥を見守り、ホトトギスの一句を詠んでくださると信じます。安西先生、今日は素晴らしいお話をありがとうございました。

Part 6

時鳥・季語詳説

「時鳥」はいくつかのイメージをあわせもった季語で、俳句の内容によって全く違ったニュアンスで使われてきました。Part6は、これまで季語「時鳥」がどのように詠まれてきたのかについて詳しく知っていくためのページです。今ではあまり使われなくなった時鳥の傍題についても、その由来などを『万葉集』『古今和歌集』『新古今和歌集』の歌を参考にしながら繙《ひもと》いていきます。

（『万葉集』『古今和歌集』『新古今和歌集』別の時鳥の詠まれ方の分布については、4～5ページのグラフをご参照ください）

日本俳句教育研究会 事務局長
八塚秀美（やつづか・ひでみ）
俳句を愛する教師を増やし、日本中の子供たちに「俳句」の楽しさ、日本語の美しさ豊かさを知ってもらいたいと活動中。国語科だけでなく、全ての教育活動の核となる「俳句」の可能性や魅力を伝えようと、句会ライブやカルチャーセンターの講師も務める。高等学校国語科の非常勤講師としては、「俳句」が、学校現場での小さな文学体験に寄与することを実感する日々を過ごしてる。

Contents

初時鳥《はつほととぎす》

「時鳥の有名な俳句なんてほとんど知りません」という人でも、信長、秀吉、家康が詠んだといわれる「時鳥」の句を知っている人は多いでしょう。

鳴《なか》ずんば殺して仕《し》まへ郭公《ほととぎす》　信長
鳴ずとも啼《なか》せて聞《きこ》ふほとゝぎす　秀吉
鳴ぬなら鳴《なく》時きかふ時鳥《ほととぎす》　家康

この三句は、時鳥の初音《はつね》を待つ戦国の三英雄の性格がよく分かる例として有名ですが、実際には彼らが詠んだものではなく、江戸時代の随筆『耳嚢《みみぶくろ》』に載せられた「連歌其心自然に顕《あら》はるゝ（句には自然に心が現れる）」逸話として取り上げられたものです。

三英雄の句がこれほどまでに知られるようになったのも、「時鳥」が鶯《うぐいす》とともに「初音を待ちわびる」鳥として、昔から詩歌に詠まれてきたからです。『万葉集』の時代から、時鳥の初音を聞き洩らさぬように、夜通し起きているような歌がたくさんあります。

4～5ページのグラフにあるように、時鳥の「初音を待つ」歌は、『万葉集』26％、『古今和歌集（以下、古今集）』9％、『新古今和歌集（以下、新古今集）』24％を占めています。『万葉集』でもっとも多く時鳥を詠んだ（編者とされている）大伴家持《おおとものやかもち》の場合は、その34％が「初音を待つ」歌となっています。

万4054

ほととぎす　こよ鳴き渡れ　燈火《ともしび》を　月夜《つくよ》になぞへ
その影も見む　大伴家持

時鳥よ、ここを鳴き渡っておくれ。かかげた燈火を月の光に見立てて、お前の飛ぶ姿も見たいものだ。

時鳥《ほととぎす》・時《とき》つ鳥《どり》・名《な》乗《の》る時鳥《ほととぎす》・橘鳥《たちばなどり》・菖蒲鳥《あやめどり》

また、時鳥とは、5月（夏）を告げる鳥の意味であてた字でもあります。『万葉集』15％、『古今集』7％、『新古今集』9％は、5月ならではの景物と時鳥を詠んだ歌群となっています。

特に一緒に詠まれたのは「花橘」と「五月の玉」です。その次に「卯の花」や「藤の花」が続きます。橘は、常世《とこよ》の国からもたらされた霊木とも伝えられる木です。「五月の玉」は、5月5日に作られる薬玉《くすだま》のことで、中国の風習に倣《なら》って、邪鬼を払い長寿を願って作られていました。おそらく、時鳥の鋭い声に同じような呪力を認めて、薬玉の材料に見立てたものでしょう。

万1465

ほととぎす　いたくな鳴きそ　汝《な》が声を　五月《さつき》の玉に
あへ貫《ぬ》くまでに

五百重娘《いおえのいらつめ》

時鳥よ、今からあまりはげしく鳴くな。お前の声を五月の玉に交ぜて糸に通すことができる日までは。

右の歌が、端午の節供《せっく》の「薬玉」を時鳥の声で貫くという発想を詠んだ一番古いものですが、この歌群は、家持の歌でも25％を占めています。

万4007

我《わ》が背子《せこ》は　玉にもがもな　ほととぎす　声にあへ貫き　手に巻きて行《ゆ》かむ

大伴家持

あなたが玉であればよいのに。時鳥の声と一緒に緒に通して、手に巻いて行きたい。

『万葉集』には、時鳥を好み、初音を待ち、また、時鳥のいる季節を喜ぶ家持の好みが垣間見られます。愛《め》でる対象の時鳥だけでなく、『古今集』や『新古今集』では見ることのできない「花を散らせる」時鳥まで詠んでののしっています。

万1507

（長歌　前略）ただ一目《ひとめ》　見するまでには　散りこすな　ゆめと言ひつつ　ここだくも　我が守《も》るものを　うれたきや　醜《しこ》ほととぎす　暁《あかとき》の　うら悲《がな》しきに　追へど追へど　なほし来鳴きて　いたづらに　地《つち》に散らせば　すべをなみ　攀《よ》ぢて手折《たを》りつ　見ませ我妹子《わぎもこ》

大伴家持

ただ一目でも見せてあげるまでは、けっして散らないでおくれ、と言いながら、こんなにも私が気をつけて番をしているのに、何ともいまいましい、時鳥のやつが、明け方のもの悲しい時に、追っても追ってもなおも来て鳴いて、むやみに花を地に散らすので、しかたなく引き手折ったのです。御覧なさい、いとしいあなたよ。

家持は、なぜこんなにも時鳥を好んだのでしょうか。家持の歌を見ていくと、姿を現さず一定期間しか美しい声を聞かせてくれない時鳥を、手に入れられない女性のように考えていたのではないかと思われる節もあります。『万葉集』がそれ以後の詩歌に与えた影響を考えるとき、もしかすると、家持が時鳥でない鳥を好んで詠んでいたら、季語「時鳥」は今ほど重要視されていなかったと言えるのかもしれません。

山時鳥《やまほととぎす》・黄昏鳥《たそがれどり》・射干玉鳥《ぬばたまどり》・夕影鳥《ゆうかげどり》・夜直鳥《よただどり》・常言葉鳥《つねことばどり》・賤鳥《しずどり》・賤子鳥《しずこどり》

時鳥の歌には、「遠くで鳴く」「隠れて鳴く」「姿が見えない」「夜も鳴く」ものが多く、「山時鳥」という季語もここから生まれました。本来は、夏やってくる渡り鳥なのですが、その認識がない頃には、山から人里に渡ってくる鳥と考えられていたのでしょう。

万1494

夏山の　木末《こぬれ》の茂《しげ》に　ほととぎす　鳴き響《とよ》むなる　声の遙《はる》けさ

大伴家持

夏山の梢の茂みで時鳥の鳴き立てている声が、何とはるばると聞えてくることか。

万3988

ぬばたまの　月に向《むか》ひて　ほととぎす　鳴く音遙《おとはる》けし　里遠《さとどほ》みかも

大伴家持

夜空を渡る月に向って時鳥が鳴いている、その鳴き声がはるか彼方からかすかに聞える。まだ人里離れた山の中にいるせいだろうか。

「百人一首」の中にも時鳥の歌が一首があります。これも、一晩中待って声を聞けたものの、姿の見えない時鳥を詠んだ歌です。

81

ほととぎす鳴《な》きつる方《かた》をながむれば　ただ有明《ありあけ》の月《つき》ぞ残《のこ》れる

後徳大寺左大臣《ごとくだいじのさだいじん》

時鳥が一声鳴いた。そちらをながめ見たが、もはや姿はない。ただ空に残った有明の月に向かい合うだけ。

「賤鳥」については、『滑稽雑談《こっけいぞうだん》』の歌が参考になります。

名にものみ山里に鳴《なく》しづ鳥は卯花ばかり都とやおもふ

右の歌から考えてみると、季語「賤鳥」も、限られた時期（卯の花の時期）にのみ鳴く、姿の見えない鳥のイメージのようです。

杜宇《とう》《ほととぎす》・蜀魂《しょっこん》《ほととぎす》・杜鵑《とけん》《ほととぎす》・杜魂《ほととぎす》

時鳥は、中国において「蜀魂《しょっこん》」などと称せられ、懐古の鳥とされています。これは、古代中国の蜀《しょく》の伝説の王について記された歴史書『蜀王本紀《しょくおうほんぎ》』にもとづくものです。『蜀王本紀』の中でも、特に望帝《ぼうてい》となった杜宇《とう》の伝説は中国の文学者に好まれ、詩の題材としても多用されてきました。

「家臣の妻と犯した過ちを恥じて望帝が立ち去った時に、時鳥が鳴いていたので、蜀の人々はその声を聞くと望帝を偲んで悲しんだ」という杜宇伝説が、「懐古の情」を呼び起こす時鳥のイメージとなって日本に入ってきました。時鳥の声を聞くことによって、切なさが募ったり、恋しさが募ったり、懐かしさにかられたりする歌がたくさん出てきます。4～5ページのグラフの分布の「懐古の情」に、思いを寄せる対象を分けて記載している「恋しい人」や「亡き人」を加えると、『万葉集』19％、『古今集』31％、『新古今集』7％を占めています。

「恋しい人」や「亡き人」を個別に見ていくと、「恋歌」という部立てのできた『古今集』では、「夏歌」との両部立ての合計で、「恋しい人」を偲ぶ歌が13％と多く見られます。

古
146

時鳥　鳴く声聞けば　別れにし　ふるさとさへぞ　恋しかりける
よみ人しらず

初夏になって、時鳥の鳴く声を聞くと、今さらのように、別れた人といっしょに暮したあの土地までもが、恋しく思い出されてならない。

妹背鳥《いもせどり》・恋し鳥《こいどり》

また、この恋しい人を偲ぶ歌が、『万葉集』で7%を占める「恋の使い」としての時鳥となっていきます。

万
1505

ほととぎす　鳴きしすなはち　君が家に　行けと追ひしは　至りけむかも
大神女郎《おほみわのいらつめ》

時鳥が鳴いたのを聞きつけて、今すぐあなたの家に行けと追いやりましたが、その鳥はもう参りましたでしょうか。

次の「亡き人」を偲ぶ歌になると、『万葉集』4%、『古今集』9%です。

万
1956

大和《やまと》には　鳴きてか来《く》らむ　ほととぎす　汝《な》が鳴くごとに　なき人思ほゆ
作者不明

家郷大和には、もう時鳥が来て鳴いていることであろうか。時鳥よ、お前が鳴くたびに亡き人が偲ばれてならない。

古
849

時鳥《ほととぎす》　今朝《けさ》なく声に　おどろけば　君に別れし　ときにぞありける
紀貫之《きのつらゆき》

時鳥が朝早く鳴く声に、驚いて目が覚めた。ふと気がつくと、今日は、一年前、高経卿がお亡くなりになった日であった。

不如帰《ふにょき》《ふじょき》・子規《しき》《ほととぎす》

さらに、杜甫《とほ》の「杜鵑《とけん》行」や、白楽天《はくらくてん》の「琵琶行」などの漢詩が、望帝の化身である時鳥が、血を吐きながら鳴くというイメージに影響を与えていきました。「琵琶行」には、「血を吐くまで鳴き叫ぶ時鳥」と「悲痛な猿の声」が共に詠まれています。「帛《はく》を裂くが如し」と言われる時鳥の鳴き声の鋭さと、鳴くときに見える口中の鮮紅が、「啼いて血を吐く」イメージを増幅させていったのでしょう。

また、「不如帰」という漢字も、杜宇伝説の流れのものです。日本語の「ほととぎす」という音も、鳴き声を聞きなしたものですが、中国語に聞きなすと「不如帰《ブルグウィ》」「不如帰去《ブルグウィチュ》」とされ、不品行によって帝位を追われた望帝が、「不如帰」=「帰るにしかず（帰りたい）」と飛び去る鳴き声とされています。また、その壮絶な鳴き声は、旅人に帰心を抱かせるので「思帰」と呼ぶようになり、それがいつしか「子規」と書くようになったようです。

さらに、「子規」を雅号（俳号）にした正岡子規は、その理由を「去歳喀血せしより『子規』と号するゆえ」としていて、自分の喀血と「啼いて血を吐く」時鳥を重ねたようです。ちなみに、子規が12歳で初めて作った五言絶句も「聞子規（子規《ほととぎす》を聞く）」というものです。承句《しょうく》（第二句）に「啼血不堪聞（啼血聞くに堪へず）」とあり、時鳥の血を吐くが如き悲しげな鳴き声は聞くに堪えないと詠んでいるのも、のちの「正岡子規」への道を示唆しているようで、興味深いところです。

冥途《めいど》の鳥《とり》・冥途鳥《めいどちょう》・無常鳥《むじょうどり》・魂迎鳥《たまむかえどり》・魂《たま》つくり鳥《どり》

先の「亡き人を偲ぶ」の流れが、『地蔵十王経《じぞうじゅうおうぎょう》』の無常鳥（閻魔《えんま》宮の門の樹下にとまっているという鳥）と重なっていき、現世と冥途との間を往復する鳥のイメージとなりました。ここから「冥途の鳥」「無常鳥」、さらには次に出てくる「死出《しで》の田《た》長《おさ》」という傍題が生まれたといえます。

古 855

なき人の　宿にかよはば　時鳥《ほととぎす》　かけて音《ね》にのみ　泣くと告げなむ

よみ人しらず

もし、時鳥よ、亡くなった私の親しい人の、冥途の住処《すみか》まで往き来するのなら、私はあなたのことを思い出して泣いてばかりいる、と告げておくれ。

死出《しで》の田長《たおさ》・勧農鳥《かんのうちょう》・田歌鳥《たうたどり》・田長鳥《たおさどり》・早苗鳥《さなえどり》

「死出の田長」とは、冥途にいる農民のかしらで、死出の山を越えてきて農事を励ます鳥のことです。「田を作るなら今作れ、この田植えの時を逃したら稲は実らないぞ」と鳴いて勧農することから、「勧農鳥」「田長鳥」ともいいます。「死出」は「士出」とも書き、農民だとの説もあります（樹上に四指でとまるという意味の「四手」の説もあり様々です）。

古 1013

いくばくの　田をつくればか　時鳥《ほととぎす》　しでの田長《たをさ》を朝な朝なよぶ

藤原敏行朝臣《ふじわらのとしゆきのあそむ》

どれほどの田を作っているというのか、時鳥が毎朝忙しそうに、田長を呼んでいる。

また「テッペンカケタカ」や「特許許可局《とっきょきょかきょく》」など時鳥の聞きなしは多いですが、「本尊カケタカ」というものも、この「冥土からの使者」という俗信からきたものと思われます。

時鳥のイメージが重層的になってくるにつれて、時鳥の鳴き声を詠む場合の描写内容も変わってきました。『万葉集』では、時鳥が鳴いていることそのものを詠んでいましたが、『古今集』や『新古今集』では、激しい声でむせび鳴く時鳥を詠むように変化してきます。特に『古今集』では、一様に悲しい鳴き声として扱われています。『古今集』で時鳥の鳴く様子を詠んだ歌が占める割合は全体の42％なのですが、その内63％が激しく鳴く時鳥です。

古148

思ひいづる　ときはの山の　時鳥　からくれなゐの　ふり出《で》てぞ鳴く　　よみ人しらず

私が昔を思い出す時は、常盤の山の時鳥も、あの韓紅のように声をふりしぼり、真っ赤な涙を流して鳴く。

古158

夏山に　恋しき人や　入《い》りにけむ　声ふりたてて　鳴く時鳥　　紀秋岑《きのあきみね》

夏山に、恋人が入ってしまったからであろうか。時鳥が、声をふりしぼって鳴いているのは。

また、人を時鳥にたとえる歌も、『万葉集』では2％でしたが、『古今集』では7％、『新古今集』では26％と増えてきます。

古147

時鳥《ほととぎす》　汝《な》が鳴く里の　あまたあれば　なほうとまれぬ　思ふものから　　よみ人しらず

時鳥よ。お前の鳴く里が、あちこちにたくさんあるので、私にはやはりうとましく思われる。お前を愛してはいるのだが。

多情で居場所が定まらない時鳥を恋人にたとえ、独り占めしたい気持ちからの歌ですが、『新古今集』ではこの歌が本歌取りされます。

新216

ほととぎす　なほうとまれぬ　心かな　汝《な》が鳴く里の　よその夕暮　　権中納言公経《ごんちゅうなごんきんつね》

ほととぎすよ、やはり疎んずる気になれないなあ。おまえの鳴く里がよそにもたくさんある夕暮時にも。

本歌の「うとましく思われる」のとは逆に、時鳥（恋人）への愛着の情を強調した歌となっています。

郭公《ほととぎす》・霍公鳥《ほととぎす》・三月過鳥《みつきすぎどり》・卯月鳥《うづきどり》・網鳥《あみどり》・綱鳥《つなどり》

時鳥は、あてられる漢字も多種類にのぼる鳥で、「郭公」の字をあてる場合もありますが、「かっこう」のことではありません。次の鴨長明《かものちょうめい》の『方丈記《ほうじょうき》』にもあるように、現代語とは違って「郭公」を「ほととぎす」と読んでいました。

夏は郭公を聞く。語らふごとに死出の山路《やまぢ》を契《ちぎ》る。

夏はほととぎすの鳴き声を聞いて過ごす。語り合う（＝声を聞く）たびに、死んだとき道案内をしてくれと約束する。

また、『万葉集』では、「飛びながら鳴く声」という意味の

「霍」の字を用いた「霍公鳥」と書かれた例が多いようです。その他の異名も多く、4、5、6月に鳴くので3月を過ぎた鳥という意味の「三月過鳥」や、4月に鳴く「卯月鳥」などの分かりやすいものもあります。分かりにくいのは「網鳥」ですが、時鳥を網にとらえて、翌年に早く鳴かせようという心から生まれたものです。

万
3917

ほととぎす　夜声《よごえ》なつかし　網《あみ》ささば　花は過ぐとも
離《か》れずか鳴かむ　　大伴家持

時鳥の夜の声には、ひとしお心がひかれるものだ。網を張って囲っておけば、橘の花は散り失せても飛び去らずに鳴いてくれるだろうか。

苦帰羅《くきら》・童子鳥《うないこどり》・沓手鳥《くってどり》・夏雪鳥《なつゆきどり》・さぐめ鳥《どり》

さらに異名は広がっていきます。「苦帰羅」は梵語《ぼんご》の「拘耆《くき》羅《ら》」のことで、「好声鳥」「美音鳥」の意味です。その上「苦帰羅」には、寒いときには死んで苦を受けて、暖かいときには生きて楽を受ける鳥という夏鳥ならではの解釈もあるようです。

「童子鳥」は、冬は深山のうつろに住んでいて、頭の毛がみな落ちて小童の髪のようになる鳥という意味です。夏の間渡ってくる時鳥ですが、渡り鳥という認識がなかった当時は、冬の姿を想像していたのかもしれません。「沓手鳥孤城落月《ほととぎすこじょうのらくげつ》」という歌舞伎の演目で「ほととぎす」のあて字として使われている「沓手鳥」もあります。もともと「沓手鳥」は、『古今和歌集灌《かん》頂口伝《じょうくでん》』によると前世は「沓を作って売り、代金を請求しつづける鳥」だそうで、そこから生まれた発想のようです。その他にも「夏雪鳥」「さぐめ鳥」などの異名があります。

Ｐａｒｔ6では、季語「時鳥」を考えていくときに、その影響を無視することのできない『万葉集』『古今集』『新古今集』での「時鳥」の歌を参考にして、季語「時鳥」とその傍題の意味についてみてきました。『万葉集』から好まれた時鳥だからこそ、過去と現代をつなぐ鳥として、夏を代表とする季語となっているのでしょう。

季語「時鳥」は、風雅の鳥というイメージを持ちながらも、その他の複雑微妙なイメージをも重層的に持つという独特の世界をもった季語だということができます。たいへん多くの異名を持つ時鳥ですが、それだけ日本人と多面的な付き合いをしてきた複雑な存在の鳥だということなのでしょう。

引用文献　Part6本文中の歌の表記・および口語訳は、以下の底本より引用しております。

『新潮日本古典集成〈新装版〉萬葉集　一』平成27年4月
『新潮日本古典集成〈新装版〉萬葉集　二』平成27年4月
『新潮日本古典集成〈新装版〉萬葉集　三』平成27年7月
『新潮日本古典集成〈新装版〉萬葉集　四』平成27年7月
『新潮日本古典集成〈新装版〉萬葉集　五』平成27年7月
『新潮日本古典集成〈新装版〉古今和歌集』平成29年12月
『新潮日本古典集成　新古今和歌集　上』昭和54年3月
『新潮日本古典集成　新古今和歌集　下』昭和54年9月
『絵でよむ百人一首』渡部泰明／朝日出版社／2014年10月
『全訳基本古語辞典　第二版』鈴木一雄編／三省堂／1995年1月

参考歳時記

『俳句新歳事記』寒川鼠骨／大學館／明治37年12月
『明治句集　夏之巻』春天居書房／明治41年5月
『詳解例句纂修歳事記』今井柏浦／修省堂／大正15年12月
『俳諧歳時記　夏の部』青木月斗・藤村作／改造社／昭和8年7月
『季寄せ』高濱虚子／三省堂／昭和15年6月
『新歳時記　増訂版　虚子編』高濱虚子／三省堂／1951（昭和26）年10月
『平凡社　俳句歳時記　夏』富安風生／平凡社／1959年7月
『図説　俳句大歳時記　夏』角川書店／昭和39年8月
『最新俳句歳時記　夏』山本健吉／文藝春秋／昭和46年6月
『現代俳句歳時記　春・夏』中村汀女／実業之日本社／昭和48年5月
『増補俳諧歳時記栞草（上）』藍亭青藍増補　曲亭馬琴纂輔／八坂書房／昭和48年11月
『新撰俳句歳時記　夏』皆吉爽雨／明治書院／昭和51年5月
『入門歳時記』大野林火／角川書店／1980年5月
『大歳時記　第一巻　句歌　春夏』大岡信／集英社／1989年5月
『講談社版　愛用版　日本大歳時記　夏』水原秋櫻子・加藤楸邨・山本健吉／1989年6月
『風生編歳時記〈改訂新版〉』富安風生／東京美術／平成5年6月（8版）
『俳句小歳時記』水原秋櫻子／大泉書店／1995年7月
『蝸牛　新季寄せ』蝸牛社／1995年8月
『俳句歳時記』水原秋櫻子／講談社／1995年12月
『合本　現代俳句歳時記』角川春樹／角川春樹事務所／1998年7月8日
『カラー版　新日本大歳時記　夏』飯田龍太・稲畑汀子・金子兜太・沢木欣一／講談社／2000年4月
『平井照敏編　NHK出版　季寄せ』平井照敏編／日本放送出版協会／2001年10月
『現代歳時記　三訂版』金子兜太・黒田杏子・夏石番矢／たちばな出版／2001年11月
『角川俳句大歳時記　夏』角川書店／2006年5月

参考文献

『図説　地図とあらすじでわかる！　万葉集』坂本勝監修／青春出版社／2009年4月
『新潮古典文学アルバム4　古今和歌集』1991年6月
『新潮古典文学アルバム10　新古今和歌集・山家集・金槐和歌集』1990年9月
『中国古典小説選1　穆天子伝・漢武故事・神異経・山海経他【漢・魏】』明治書院／2007年7月
『耳嚢　下』岩波書店／1991年6月
『白楽天詩選（上）』川合康三訳注／岩波書店／2011年7月
『子規選集　第二巻　子規の青春』長谷川櫂編／増進会出版社／2001年11月
『正岡子規』ドナルド・キーン　角地幸男訳／新潮社／2012年8月
「『地蔵十王経』考」清水邦彦／『印度學佛教學研究第五十一巻第一号』／平成14年12月
『図説日本鳥名由来辞典』菅原浩・柿沢亮三編著／柏書房／1993年3月
『朝日選書309　漢字の話　上』藤堂明保／朝日新聞社／1986年7月
『講談社現代新書180　美しい日本の私』川端康成／講談社／1969年3月
『滑稽雑談　第二』四時堂其諺編／国書刊行会／大正6年（国立国会図書館デジタル）
『日本国語大辞典　第十八巻』日本大辞典刊行会／小学館／昭和50年11月
『世界大百科事典　28』下中邦彦／平凡社／1972年4月
『漢詩稿　明治11－29年』秋風落日舎主人／獺祭書屋図書／1896年（国立国会図書館デジタル）
『国訳漢文大成・続　文学部第18冊』国民文庫刊行会／昭和3年6月（国立国会図書館デジタル）
『古今和歌集灌頂口伝』宮内庁書陵部所蔵／平成5年8月撮影（国文学研究資料館　電子資料館）

Part 7

名句鑑賞

『「時鳥」の歳時記』の例句募集に対し、
一三〇六句もの投句をいただき、
市井の佳句を掲載することができました。
Part1〜4に掲載した有名句と募集特選句、
全八〇句の名句鑑賞です。

P.8

谺して山ほととぎすほしいまゝ

杉田久女

ケッキョとほととぎすが声を放つ。一筋の谺《こだま》が返る。緑滴る初夏の山。緑に紛れてまた鳥声があがる。やがて無数に鳴き交わすほととぎすたち。山を繚乱に。ほしいままに。

P.11

滝落つる天の破れやほとゝぎす

松根東洋城

蒼天から怒濤が落ちる。滝飛沫《しぶき》が熱を払って岩を濡らす。僅かな雲。その雲があることで海原ではなく、天だと分かる。木々の緑が深い。滝の轟音《ごうおん》を縫ってほとゝぎすが枝を揺らす。

P.11

山々は萌黄浅黄やほとゝぎす

正岡子規

遠く山々が初夏の装いに色づく。萌黄に浅黄。濃淡の違いが連なりうねりは続いてゆく。見晴るかす山のどこかからほととぎすの声。応えてまた別の声。山々を明るく鳴き交わす。

P.11

手盛りして飯食ふ宿やほとゝぎす

幸田露伴

櫃《ひつ》に匂やかな湯気が立ち上る。椀に白飯《しろめし》を手盛りする。なんと米の甘いことか。宿の朝の涼気に飯を食う。外には落ち着いた林が見える。ほとゝぎすの声も肴《さかな》に飯と景観を味わう。

P.12

飛騨の生れ名はとうといふほととぎす

高浜虚子

ひょんな話から宿の女中さんが飛騨《ひだ》の出だと分かる。名をとうと申します、と言う。杜宇はほととぎすの別名。緑の愉快に笑みつつ、外に鳴くほととぎすを聞く。

P.13

水晶を夜切る谷や時鳥

泉鏡花

夜気にカンテラが揺れる。この山からは良い水晶が出る。山腹に暗く開いた晶洞《しょうどう》。梢で騒ぐのは時鳥か。歩みを照らす灯がむき出しの水晶を煌《きら》めかせる。幻想のような水晶窟の夜。

P.13

臼程の月が出たとや時鳥

小林一茶

時鳥が鳴き交わしている。連中は何を囀り合っているのだろう。今日の月の具合でも告げ合っているのだろうか。森が開ける。臼程の月が出た。がっしりと太った月だ。

P.14

ほととぎす新墾に火を走らする

橋本多佳子

新しい田を拓《ひら》く。濃い土と草の匂いが立方体のように宙を占める。田に火を放つ。広がりゆく火が虫を焼き散らす。熱が空を掻き回す。夜を急かすようにほととぎすがけたたましい。

P.15

野を横に馬牽むけよほとゝぎす

松尾芭蕉

馬を牽いて野を行く。掌に手綱《たづな》が軽くかかる。瑞々しく草が倒れる。ふと林から声がする。高く呼びかけるようなほとゝぎすの声。横に手綱をひく。馬と共にじっと耳をそばだてる。

P.16

ほとゝぎす平安城を筋違に

与謝蕪村

「平安城」とは平安京の異称。現在の京都市街にあたる。かつて栄華を極めた平安城。その市中を斜めにそぞろゆく蕪村。凄切《せいせつ》に鳴くほとゝぎすは、栄華の時代を嘆いてでもいるのか。

P.20

ほととぎす何もなき野の門構

野沢凡兆

此より野である。ただ広がる野にも、そんな空間の門構のようなものがある。かつては人家もあっただろうか。ほととぎすは過去も現在も知り、今もこの野を鳴き交わしている。

P.22

段々の水田こだまにほととぎす

森澄雄

段々畑を見下ろす。田水がいっせいにそよぐ。植え付けを終えた棚田は美しい。谺が遠くほととぎすの声を運ぶ。声が呼び水になったようにまた風がさざ波を立てる。

P.22 募集特選句

時鳥知らせたる空の決壊

温湿布

遠くの山々がくっきりと青空に映えている、静かな夏の日。だしぬけに時鳥が鋭く激しく鳴きはじめた。まるで、この美しい空がもうすぐ決壊してしまうのだと告げるかのように。

P.22 募集特選句

この山はまだ火噴かぬと時鳥

マオ

深閑《しんかん》とした山道を行く。この静かな山がいつか火を噴くことはあるのだろうか。時鳥は「まだ火を噴かない」と知って鳴いているのだろうか。その声は炎のような烈しさ。

P.23

ほととぎす腹がしぶつて堪らぬよ

筑紫磐井

腹の具合がよろしくない。痛い。渋って渋ってろくに出るものも出ない。出たかと思えば気前の良くない厭《いや》な残り方をする。ああ、ほととぎすの切迫が他人事《ひとごと》とは思えぬよ。

P.23 募集特選句

終点の雲ひんやりとほととぎす

佐藤儒艮

終点は山あいの小さな町。人影もまばらな駅に降り立てば、風が頬に心地よい。ほととぎすの声も近くに聞こえ、あの夏雲さえもひんやりと涼しげに感じられる。ああ、良い旅だ。

P.23 募集特選句

ほととぎす青年はみな山を越え

井上じろ

見えている山は美しいけれど、そこを越えるための道は苦しい。ほととぎすの声の烈しさに、その道を歩んだ若き日を思い出す。青年は誰もがあの道を歩んで山を越えるのだろう。

P.24 募集特選句

静かなる百の風穴ほととぎす

歌鈴

深々と暗い口を開けている、百もの風穴群。その全てが、ただひんやりと静まりかえっている。時おり聞こえるほととぎすの鋭い声が、静けさをいっそう深めてゆく。

P.24 募集特選句

夥しき貝の化石や時鳥

せり坊

この地がかつて海だった名残をとどめているのは、夥《おびただ》しい数の貝の化石群。何百万年という時間を封じた化石へ降りそそぐ時鳥の声の、何と生き生きと鮮やかなことだろう。

P.24 募集特選句

縄文の琴・鈴・笛や時鳥

福良ちどり

縄文人の遺した琴や鈴や笛。その楽器は、きっと素朴な音を奏でただろう。時に明るく、時に荒々しく、時に淋しげに。彼らが興じた地に、今はただ時鳥の声が響くばかり。

P.25 募集特選句

吊り橋の揺れる蹠へほととぎす　しゃれこうべの妻

緑したたる渓谷の吊り橋。おそるおそる歩けば、一歩ごとに揺れる。危なっかしい私の蹠《あうら》へ響くような鋭い声でほととぎすが鳴いた。またいっそう、揺れが大きくなったような。

P.25 募集特選句

杜鵑翳る北壁岳樺　野風

「杜鵑」「翳《かげ》」「北壁」「岳樺《だけかんば》」と並んだ固い漢字が、山の険しさを想像させる。陽が翳り、急に暗くなった北壁。風にざわめく岳樺の葉。杜鵑の声もさらに鋭さを増してゆく。

P.25 募集特選句

ほととぎす太陽は今南中す　鯛飯

ほととぎすがしきりに鳴いている。その声にしばらく聞き惚れる。汗を拭きながら空を仰げば、夏の太陽が今しも真南に。ほととぎすの声は太陽に挑むかのように激しい。

P.26

ほととぎす本尊一木造りにて　山本洋子

古い古い一体の仏像が鎮座している。御開帳の本尊は一木《いちぼく》造りらしい。遠く平安貴族の時代に用いられた技法。この木は、かつてのほととぎすの爪を、鳴声を覚えているだろうか。

P.26 募集特選句

仏彫る木屑の熱や時鳥　一阿蘇二鷲三ピーマン

山の工房で仏像を彫る。一心に彫る。木塊から徐々に仏の姿が現れてくる。削ったばかりの木屑は、ほのかに熱を帯びて美しい。時おり聞こえる時鳥の声もまた熱を孕《はら》んで。

P.26 募集特選句

不如帰怒りの声の色は紅　豊田すばる

「紅」は「コウ」と読みたい。どこか翳りをまとった、けれど強い色。我が怒りの声は、きっとそんな色をしている。不如帰の烈しい声を聞きながら、そう心につぶやく。

P.27

ほととぎす鳴きて入りけり南禅寺　立花北枝

日本の全ての禅寺のなかで最も高い格式をもつ南禅寺。そびえ立つ威容に息を呑みながら、その門を潜る。来訪者を見定めるように辺りをほととぎすが鳴き交わす。

P.27 募集特選句

不如帰鬼と名乗りし寺をとこ　としなり

奥深い山寺。男が一人、庭掃除をしている。話しかけると「鬼だ」と名乗った。鋭い眼光とたくましい躰《からだ》。まさか、いやしかし……不如帰の烈しい声に戸惑いと不安が入り混じる。

P.27 募集特選句

門前の一本うどん時鳥　ももたもも

そそくさと参拝をすませて門前の店へ。ここの名物は一本うどん。今日も客で賑わっている。運ばれてきた器にさっそく箸をつける。美味い！　時鳥の声もやけに楽しげに聞こえる。

P.28 募集特選句

空つぽの要塞跡や時鳥　根本葉音

要塞跡に佇《た》つ。弾薬庫跡、砲台跡、堡塁《ほうるい》跡、司令塔跡……どこもがらんとして、生い茂る夏草の中に空しく朽ち果てようとしている。時鳥の高い声だけが、生気をみなぎらせて。

P.28

雨粒の籠つたひをるほととぎす

大木あまり

雨が野を、家々を洗い流す。外に出る。新しい雨に濡れ、万物が瑞々しく呼吸しているかのようだ。野晒しの籠を伝う雨粒の美しいことよ。雨後の一声をほととぎすが唄い始める。

P.28

ほとゝぎす夕影深くなりにけり

日野草城

夏の日暮れは遅く、濃い。強い夕日が煮えるように山々を塗り籠めていく。木々の陰は少しの涼気を湛えて黒い。ほとゝぎすの国、深山の夏の夕暮れである。はたとまた夜が近づく。

P.29

ほととぎす星は研磨に出しました

めいおう星

山の端に夕陽が沈む。夕闇の訪れを待ってほととぎすが鳴き始める。星を磨き上げるような鋭い叫びが天へ消えていく。星が瞬き始める。きらりと磨かれた玉のような星。

P.31

ほとゝぎす口すゝぐ間も夜の白む

相馬遷子

早くに目を覚ます。まだ外は暗い。少しぼうっとする。外で夜のほとゝぎすが控えめな鳴声をあげる。洗面台に立つ。口をすすぐ。少しずつ朝が近づいていく。

P.31　募集特選句

食のまま沈みゆく月ほととぎす

ほろよい

ほととぎすの声が響く夜空を、欠けたままの月がゆっくりと沈んでゆく。古代の人々が怖れた月食。自分もまた、あの月の色は凶事の予兆のようだと思いながら眺めている。

P.31　募集特選句

古言の津波の石碑不如帰

桃猫雪子

昔から伝わる古語《ふるごと》の石碑。この地を津波が襲ったのは何百年前だろう。どれだけの命が失われたのだろう。しきりに鳴いている不如帰——帰るに如かずという、その名が哀しい。

P.32

湖へ神輿さし出てほととぎす

炭太祇

神輿の巡る道程は必ずこの湖で終わる。担き手たちは最後とばかり高々と湖へ神輿を差し出す。ほととぎすが赤い喉を震わせて唱和する。湖の涼気へ堂々たる神輿が輝く。

P.32　募集特選句

花嫁のための晴天ほととぎす

小野更紗

婚礼の朝は、花嫁を祝福するかのような素晴らしい晴天。ほととぎすの鳴き声も祝婚歌のように聞こえる。空の青、木々の緑、純白の衣装をまとった花嫁。全てが歓びに満ちて。

P.32　募集特選句

毘沙門の水ひかひかと時鳥

ヒカリゴケ

毘沙門水はこんこんと湧く秩父の名水。夏の強い日差しを受けて、ひかひかと輝いている。時鳥の声も毘沙門水に劣らずすがすがしい。私の体も心も洗われてゆくようだ。

P.33　募集特選句

鉄の香の澱む厨や時鳥

武井かま猫

古い台所にどんよりと重く澱《よど》む鉄のような香。何の匂いだろう。もしかしたら心に澱んでいる香かもしれない、と思う。時鳥の声がこの鬱屈を吹き払ってくれないものか。

P.33　募集特選句

時鳥の声閉ぢ込めて出棺す

桜井教人

故人は季節の移ろいを身近に感じながら暮らしていた。この時期には時鳥の声を聞くのを楽しみにしていた。棺の蓋を閉じてしまう前に、花とともに、あの鳴き声も入れよう。

P.33　募集特選句

不如帰藪に飲まるる妣の家

国東町子

母が亡くなって何年になるだろう。不如帰の声が聞こえる懐かしい生家を久しぶりに訪れてみれば、荒れ放題。藪に飲み込まれそうに小さい。母の思い出は鮮やかなのに。

P.36

木の卓にレモンまろべりほととぎす

草間時彦

夏の避暑をコテージに過ごす。ひと夏を過ごすための、両手一杯の荷物を木の卓に放つ。紙袋からレモンが転がり出る。山の新入りを窺うように外のほととぎす。良い夏になる。

P.37　募集特選句

ほととぎす分校だより第一号

さるぼぼ

四月から始まった分校の一年。最初の一ヶ月が過ぎ、暦は初夏を迎えた。月に一度の「分校だより」。記念すべき第一号にはあの不思議な声の主について書くとしよう。

P.37　募集特選句

森眠るまで此処にいて時鳥

城内幸江

まだ夜は浅い。騒がしい夕暮れの名残が森を落ち着かなくさせている。立ち去りがたく私の心は森に囚われている。時鳥の藪鳴き。森が眠りにつくまで時鳥も居てくれますように。

P.37

ほとゝぎす山家も薔薇の垣を結ふ

川端茅舎

山中に家を見つける。集落の端の一軒と思しき山家。結《ゆ》われた薔薇の垣が不似合いにも美しい。ほとゝぎすの高らかな一声に、垣根の小さな薔薇がたちゆれる。

P.37　募集特選句

靄に濃き朝刊の香や時鳥

キラキラヒカル

早朝から鳴いている時鳥に誘われるように起き出す。新聞受けから取り出した朝刊のインクの香に、はっと目が覚める思い。夏の朝靄《あさもや》は晴天のしるし、今日もいい一日になりそうだ。

P.39

ほととぎす鳴く方の窓開けておく

星野椿

鳥にも住まいや気に入りの場所があるようで、いつもあちらの窓の方から声が聞こえる。今日も良い日だった。ほととぎすの鳴く方の窓を開けておこう。

P.39　募集特選句

こんなとき正論さびしほととぎす

ほしの有紀

すれ違う会話に胸がもやもやする。正論が聞きたかったんじゃない。ただ一緒に頷いて欲しかっただけ。それを言葉にできないことも寂しい。ほととぎすのように叫びたい、心。

P.39　募集特選句

ほととぎす膨らむ咽の熱へ雨

トポル

雨中の藪にほととぎすが居る。その様を眺める。嘴《くちばし》を挙げる。咽がぐっと膨らむ。赤い口が閃く。けたたましい叫びが放たれる。その熱を鎮めるように雨は咽へと飛び込んでいく。

P.39 募集特選句

時鳥くちびると云ふ役立たず　土井探花

言葉は思うようにならない。役立たずのくちびるはいらない。時鳥のように自在に、叫びたいことを叫べたなら、自分はどうなるだろう。夜が煩悶《はんもん》の心を苛《さいな》む。

P.40 募集特選句

時鳥月光鈍き変電所　星埜黴円

人里離れた変電所。鈍い灰色の図体がずんぐりと月光に佇む。辺りは森。あれはなんだ、と時鳥が鳴き合う。時折、窺うように時鳥が呼びかける。沈黙の変電所。夜の美しい黙が戻る。

P.40 募集特選句

ほととぎす彗星つかめさうな湖　すりいぴい

彗星が湖の上を走る。尾をひき夜を転げていく。全ての彗星をつかんでしまえそうな湖の一夜。ほととぎすが声をあげる。彗星を迎える。湖に触れれば私にもつかめるだろうか。

P.41 募集特選句

昼は火を夜は星吐け時鳥　24516

時鳥の咽からは様々なものが生まれそうに思う。昼は激しい火のような叫びを。夜は天をうめつくす星を吐けよと思う。脈々と詩を生んできた咽が今日もまた新しく震えている。

P.41 募集特選句

ただ月を見て泣きました子規　モッツァレラえのくし

ぽつりと独白。泣いたのは子規か、それとも作者本人か。月の明るさがさみしい心を惹きつける。見上げた咽から漏れる鳴咽も子規のように。「子規」の字が正岡子規を思わせて。

P.42

ほととぎすここが最も高みの温泉　高濱年尾

遥か山の頂に湧くという湯に入るためにここまできた。眼下に辿り来た山々には鳥声。遮るもののない空は快晴。高空の薄い大気を湯気が揺蕩《たゆた》う。なんと格別の光景であることか。

P.43 募集特選句

源泉は川床と聞く時鳥　うさぎまんじゅう

念願の温泉を訪ねる。緑の中の宿。自然の中で贅沢な源泉を楽しめるとの触れ込みだ。川の底の地盤から湧き出た湯。憧れが募る。時鳥の声も雰囲気たっぷりに渓を谺する。

P.43 募集特選句

時鳥鳴きて黒曜石を裂く　くるみだんご

時鳥の鋭い声。質量を伴うかの声。その声が引き金になったかのように、黒曜石が裂ける。黒く滑らかな石片。かつては石器にもなった鋭い黒。時鳥との奇妙な親和性が煌めく。

P.43

陶窯の火の色白しほととぎす　持丸子燕

白々と陶窯《とうよう》の火が猛っている。外は深い夜闇。漏れ出る灯りにほととぎすが落ち着かなげに声をあげる。あの喉の赤とは違う熱が眼前にある。静かに静かに器は焼き上がっていく。

P.44

ほととぎす足袋ぬぎ捨てし青畳　鈴木真砂女

足を青畳に投げだす。脱ぎ捨てた足袋がそのままの形で転がっている。藺草《いぐさ》の薫る青畳に解き放たれ、足が喜んでいる。初夏の風がほととぎすの森へと吹き抜けていく。

P.44

母居ナイ父許セナイ霍公鳥　募集特選句

ちゃうりん

母は居ない。父は許せない。怒りの火がいつまでも燻《くすぶ》っている。母は父のせいでいなくなった。霍公鳥の燃える喉で責め立てたい。だがその苦悩は声にならず胸を焼く。

P.45

手の甲も酔ひのくれなゐほととぎす

赤松蕙子

白磁のような肌という言葉があるが、その美しさを感じるのはむしろその「白」が失われる瞬間だ。灰《ほの》と酔ったその手はくれなゐに染まっている。鳴くほととぎすも艶な夜だ。

P.45

浴身へふいの匕首ほととぎす

熊谷愛子

湯に身を委ねる最中の不意の一声。ほととぎすの声は「血を吐くような」とも形容される。赤く閃く喉を思わせる鋭い震え。匕首《あいくち》を突きつけられるかの心地に肩まで湯へ浸かり直す。

P.46

妻が来し日の夜はかなしほとゝぎす

石田波郷

妻が来てくれる日はうれしい。が、妻が来てくれた日の夜はかなしい。来れば帰る。小さな喪失。夜をざわめく木々に啼くほとゝぎす。彼らは何がかなしいのだろう。

P.46

湯浴みせし異形の胸や時鳥　募集特選句

木下ラーラ

湯上がりの身体を拭く。手が胸に至る。本来そこにあるべき膨らみがない。切除せねばならなかった。その事実を認めるたびにちくりと痛む。切なる時鳥の胸にも似て。

P.46

時鳥さみしいときの深呼吸　募集特選句

富山の露玉

胸一杯にたまった青灰色のさみしさ。大きく息を吸い込む。さみしさを薄めるように。少し胸が軽くなる。声が出せるようになる。時鳥もこんな風に唄っているのだろうか。

P.50

朝青くくもれる山にほととぎす

茨木和生

夏を告げてほととぎすが木に遊ぶ。木々の切れ間から空が見える。青灰色の空。振り返ると谷向こうの山が見える。遠く山々の緑が濃い。昼からは暑くなるだろう。

P.52

時鳥なくや湖水のさゝ濁り

内藤丈草

湖のまわりをひそやかに生き物たちが息づいている。魚、虫、蛙、蛇、鳥。威嚇するような時鳥の鳴声。何かが跳ねて水に飛び込む。水紋だけが残る。微かに水が濁る。

P.52

樹はしづか水面もしづか時鳥　募集特選句

蓼科川奈

樹は静かだ。緑を張《みなぎ》らせてじっとしている。水面は静かだ。水の内に幾多の命を育んでじっとしている。時鳥はどうだろうか。身に渦巻く声は、出口を求めて今にも零《こぼ》れ出す。

P.52

おとがひは湧水に濡れ時鳥　募集特選句

中山月波

ここまで歩いて渇ききっている。眼前の湧水に夢中で口をつける。涼気が喉を駆け下る。天を仰ぐ。空気が肺を充たす。ようやく聴覚が戻る。そうか、ここは時鳥の沢だ。

P.53 募集特選句

時鳥統べる霊園一万基

こなぎ

広々とした霊園。静けさの中に一万基の墓が広がっている。凸凹に突き出た墓に阻まれ、霊園の端は見えない。見回るように時鳥が飛ぶ。あの叫びが死者を起こさなければいいが。

P.53 募集特選句

ほととぎす生まれなかった子の名前

樫の木

赤茶色の卵が割れている。鶯の卵だ。ほととぎすの托卵。哀れにもほととぎすに放り出されたのだろう。生まれなかった子の存在が重なる。名前は今も温めているというのに。

P.53 募集特選句

早苗鳥乳房濡れるが可笑しいか

七瀬ゆきこ

初夏の日射しに、田植えが始まる。この頃に鳴くことから時鳥には早苗鳥という別名がある。乳房を濡らすのは田植えの泥か、子を亡くしても出続ける乳か。囃《はや》すように時鳥の声。

P.55

ほととぎす瀬音も朝へ引緊る

馬場移公子

木陰を清流が奔《はし》っている。夏の明け方。水は鋭く冷たい。夜と朝の狭間の時間。ほととぎすは最後の夜鳴きをおさめる。今差し染めんとする曙光《しょこう》に瀬音も引き締まる。

P.55 募集特選句

源流は星出づる山ほととぎす

一走人

一筋の流れが遠くからやってくる。川を遡って辿る。源流はあの山だ。いつも一番星が輝く山。きっとほととぎすが星を呼んでいるに違いない。紫の夕暮れを一声が谺する。

P.55 募集特選句

白山の白斑らなりほととぎす

めぐみの樹

日本三名山の一つ、白山。雲へと登っていく道程には、斑模様に残雪が煌めいている。身体の熱が高所の冷気へと発散されていく。さあほととぎす鳴く夏山を楽しもう。

P.56 募集特選句

CQCQ時鳥鉄塔の上

薄荷光

CQとは無線通信の用語。通信が可能な範囲にある全ての無線機へと呼びかける言葉だ。鉄塔の上に飛び上がった時鳥。さて無線を聞きつけたのか。応答の一声は四囲へと広がる。

P.56

山々は稜線張りぬほととぎす

正木ゆう子

まったく良く出来た山々だ。画になる。企んで張ったように見事な稜線が続いている。渡り来たほととぎすはどこを塒《ねぐら》にするだろう。やがて超然と山々を鳴き交わす。

P.56 募集特選句

カルデラへ声落しゆく杜宇

あまぶー

杜宇の一声がカルデラへ降る。広々としたすり鉢の鮮やかな緑。底には豊かな平野が広がる。農を急かす杜宇が再び声を落とす。緑も人も、さらなる活力に息づく。

P.58

水に根のひろがる夜の時鳥

夏井いつき

夜の湖が広がっている。不意なる時鳥の声にたじろぐ。この瞬間も水に張る植物たちの根は伸びつづけている。広がりつづけている。また時鳥が鳴いた。

秀句発表

投句総数一三〇六句から夏井いつきが選んだ特選句、入選句を紹介します。

特選句

廃家に物食む影や不如帰　あいむ李景

みづだしのこんぶかくぎりほととぎす　明惟久里

時鳥ガンジスの驟雨に黙る　秋本哲

もうほととぎすとしか聞こえぬほととぎす　飯村祐知子

時鳥に磨かるるまま地球照　一斤染乃

信長の城は火天に時鳥　うに子

時鳥海のポストを包む雨　大槻税悦

時鳥啼いて地球をあをくせよ　小川めぐる

褥瘡の赤黒き口時鳥　おぐら徳

病人のほうがおしゃべり時鳥　片野瑞木

屋根裏の褪せた星図や時鳥　かまど

ほととぎす宙は全休符の黒さ　神山刻

捨てた子の名は忘れたり時鳥　亀田荒太

声を捨つ気管切開時鳥　菊池洋勝

木屑匂う仏師の夜を時鳥　柝の音

白生地を晒す空なりほととぎす　くま鶉

夫の血は土の味する不如帰　クラウド坂上

かはたれをこはれゆく子やほととぎす　倉木はじめ

白昼夢声無くしたる時鳥　桂奈

蹈鞴場は紅蓮のけぶり時鳥　小池亀城

百代の卵を托し時鳥　恋衣

時鳥やはらかにくる眠りかな　香野さとみ

本当の親を尋ねし夕影鳥　こま

武蔵野の空の朗朗時鳥　彩楓

ファスナーのはずれ易きやさなえどり　桜姫5

コンビニの裏は林やほととぎす　ささのはのささ

左利き短命説や不如帰　沢田朱里

猛毒の月喰むものに時鳥　三重丸

時鳥どうやら娘離婚らし　しー子

時鳥鳴くや月面都市に颪　次郎の飼い主

時鳥十二時間の手術終ふ　信一

時鳥な鳴きそ透きとほりゆく母よ　髙橋みち子

ほととぎす鳴くビー玉は青ばかり　立川六珈

谷渡る錫杖の音時鳥　谷口詠美

指南車の指す夜空より時鳥　衷子

原罪をかき出す喉や時鳥　月の道

ひとり居の閨の群青ほと丶ぎす　土屋幸代

搾乳を待つ牛の列ほととぎす　テツコ

白杖と空仰ぎたりほととぎす　てん点

山寺の百畳開けてほととぎす　ときこ

米はもう今年限りさほととぎす　直木葉子

舌小帯切除の記憶ほととぎす　中岡秀次

末戦ぐわれも父なし不如帰　中町とおと

竜骨となりし帆舟か不如帰　西川由野

鳥辺野に水子千体時鳥　にゃん

不如帰母を知らない母の声　灰田兵庫

現世の言った言わぬや時鳥　函

鳥は鳥なりさりながら時鳥　八かい

門前に香具師の啖呵時鳥　パッキンマン

後回しされる主文や不如帰　はまゆう

カーテンのひだと丶のふやほと丶ぎす　播磨陽子

木漏れ日に音色ありけり時鳥　柊月子

豆球のしたの授乳やほととぎす　比々き

酔うてはる丑三つ時の時鳥　文月さな女

月影となりぬ時鳥の迷い　冬のおこじょ

ほととぎす胸の傷まうくづるるか　古殿七草

この星の余命いくつや時鳥　峰里ななつ
時鳥京へ京へと水の急く　真繍
ほと丶ぎす鏡が覗き込んでくる　抹茶金魚
時鳥きっとあの子は転校生　ミセウ愛
ほととぎす風の在処を捉らへけり　みやこまる
地底湖の蒼き魚や時鳥　みやこわすれ
時鳥通夜の終りの光さす　村越縁
ほととぎすなくたびやまのいろがこく　むらさき（5才）
不如帰夜は密度を増してゆく　山内彩月
時鳥きみはアンタレスになつた　よだか
時鳥新任署長送る道　竜胆
どの枝も声遮らず時鳥　露砂
ことことことカレー煮る小屋ほととぎす　若井柳児

入選句

闇吸ひて美しく啼く啼く時鳥　Rゆめ
朝練へ踏み込むペダル時鳥　あいだほ
時鳥声さがしてる君がいる　青木茂
ホトトギス自然保護部のプロジェクト　赤川京子
ほととぎす介護施設の裏の山　赤坂美智子
死んだ子の齢数えて時鳥　秋尾
宵のうち思いふけたる時鳥　淺野紫桜
時鳥腕に沈む赤子かな　天晴鈍ぞ孤
丑三つの父の慟哭時鳥　あつむら恵女
家系図をたどれば時鳥の鳴く　天野姫城
朝練のネットの向こう時鳥　あみま
離婚して四十五日や不如帰　雨子
雨傘の乾きて時鳥の宿　有瀬こうこ
時鳥後ろの正面だあれだ　有田みかん
橘鳥昆虫館の樹木園　あるきしちはる
指の腹に残りし古墨時鳥　安
水田に雲を雪ぐやほととぎす　池野實
木道の朽ちたる沼や時鳥　斎乃雪
うたた寝のジムノペディやホトトギス　井上敦仁
時鳥水屋の窓に薄明り　井上祐三
ほと丶ぎす世話になったな母の逝く　井上玲子
癌抱き立つ朝靄の時鳥　今北紀美恵
満濃を奔るゆる抜き時鳥　妹のりこ
天辺国特許許可局時鳥　上田望
母逝きしきのふのけふのほととぎす　宇川清英
生餌呑む喉にて鳴けり時鳥　うしうし
ささくれの指噛む夜の時鳥　宇都宮富子
廃線の苔むす地蔵ほととぎす　卯年ふみ
吾子に鳴く子守唄鳴くほととぎす　占新戸
幼げに鳴いて夜明けの時鳥　大山とし子
湯治場の朝餉支度やほととぎす　可笑式
深山に出会ふ秘仏とほととぎす　岡本海月
預けた仔どこかどこかと時鳥　おくにち木実
胞衣塚の樹上より「虚」と不如帰　小田寺登女
千年に濡るる参道無常鳥　小野寺雅美
鳴きながら山ほととぎす嬬恋村　甲斐太恵子
椎茸の駒打つ音やほととぎす　賀来楪子
奥入瀬の木立ち震わすほととぎす　影浦憲章
時鳥ゴルフコースを先回り　風花
産むことの叶ひて哀しほととぎす　霞山旅
時鳥床擦れと六時の時報　春日のぽんぽこぴーな
子規同じ目線の子規の句碑　鰹めし
シャクシャクと食む酢の物や時鳥　かつたろー。
時鳥伯耆の山に惚れてこい　花伝
耳元に一羽がをりぬ夜直鳥　彼方ひらく
ローラーすべり台スピード出ないほととぎす　がんばれけいご（7才）
ほととぎすちゅうがくせいになったらきにのぼりたい　がんばれたくみ（4才）

許可局の特許更新ほととぎす　喜多輝女
巡業のまわし干されり時鳥　木田余ふぢこ
ほととぎす樹海に脚の寒くなり　錦
ほととぎす明日の旅荷をまた解きて　久我恒子
稜線をなぞる旋律時鳥　熊蘭子
天穹より降り注ぐこゑ時鳥　倉下碧女
本心は風に託せり時鳥　くりでん
里山に静寂破りぬほととぎす　クロまま
時鳥なく地蔵寄り添い無言　恵林
ほととぎす酒乱の蹠見下ろしぬ　小泉岩魚
時鳥ふるさと村に降り注げ　香田なを
青空に一本の線時鳥　古賀由美子
ほととぎす木霊に命守られて　小塚蒼野
どの道を生きても正し時鳥　ことまと
「ほととぎす」と母のよむ間に兄が取り　古都鈴
公園の噴水よ空に時鳥　佐々木フミ子
深山をあっちあっちと時鳥　莎草
山彦へ返へす言葉や時鳥　さとう菓子
立ち漕ぎの坂のてっぺんホトトギス　里山三歩
ほととぎすくぼのいずみの川ながれ　さな（6才）
さやさやと空の白みし時鳥　更紗ゆふ
姥捨ての山に番の不如帰　塩瀬華女
銀輪のブレエキ音や時鳥　塩の司厨長

異人館の床青光り時鳥　しかもり
生き方と逝き方我流時鳥　清水容子
全山を統べるてっぺん時鳥　じゃすみん
時鳥ここから先は夜半の国　洒落神戸
むっくりとペンを持ちたり時鳥　珠桜女あすか
ほととぎす鳴いたね君はいないんだ　ジュミー
時鳥礼拝堂に木香の朝　シュリ
時鳥室の八嶋の杉木立　順
天窓に過ぎゆく月やほととぎす　純音
透視図に夜目を利かせてほととぎす　酔鳴
白球のレフト場外ほととぎす　鈴木麗門
時鳥当方アドレス削除中　関礼子
いつくるか今かホトトギスの鳴く声　颯万
都会には啼かず血を吐く時鳥　髙橋嘯風
時鳥たびたび鳴きて村しづか　竹澤聡
不如帰鳴けや日本を守らんと　立待
納骨の山道暗しほととぎす　蓼蟲
ほととぎす母の遺した赤き紅　棚野智栄
ほととぎすほとばしり落つる那智の滝　ちびつぶぶどう
いっしょにあそんであそんでとほととぎす　ちま（3才）
何と鳴く問へば無言の時鳥　つばさ
不如帰鳴ききる先は黄泉国　寺尾隆志
高原のはや夜の明けて時鳥　寺町弘文

ふりむかせたき人ありてほととぎす　でるた
泣きたい時は鳴いてもらおう時鳥に　東尋坊
夢はいつも輪郭のみや時鳥　遠音
ほとゝぎす奥から考の腕時計　どかてい
山麓にくぐもる声は郭公か　ときこの母よしこ
おーい待ちなよ落日よほととぎす　俊子
時鳥おまけのやうに鳴いてをり　年子
君ゐぐく私はずるし時鳥　富樽
未だ見ず空想で会うほととぎす　外山侑子
風葬の習ひを啼けり時鳥　内藤羊皐
ホトトギス櫂の軋みを聞いており　仲田とし昭
訃報聞く受話器を置きて不如帰　中西柚子
托鉢の若き僧行く時鳥　なかの陽子
朱を入れる墨の匂ひや時鳥　夏柿
星ひとつ欲しいと啼くや時鳥　奈良香里
夢覚めて彼を背と知るや郭公　ナルミカン
時鳥直立不動のタキシード　西村小市
闇夜だからか声けたたまし時鳥　二宮陽子
子を産まぬ罪の匂ひや時鳥　猫愛すクリーム
竹千代の縁起あり山ほとゝぎす　ねもじ
猫車乗る子聞きなす時鳥　野地垂木
その涙ほんものですかホトトギス　登るひと
大窪寺目指せ目指せと時鳥　俳菜裕子

城跡の森やわらかく時鳥　はずきめいこ

時鳥吊り橋望む秘境駅　長谷川ひろし

羯諦と児らの唱えて時鳥　長谷部容子

ラヂオの和田アキ子の歌やホトトギス　蜂蜜甘し青嵐

時鳥名告らぬ理由は我にあり　葉月けゐ

異国語の嘆きや真夜の不如帰　花節湖

ほととぎす結界のごと標石　花南天ａｎｎｅ

憎しみは祈りに似たり不如帰　花屋

不如帰時巡るとも福島は　浜けい

鳴き声の時に字余りほととぎす　春野いちご

曲家の古戸押し開けほととぎす　葉るみ

診療所の長椅子軋む時鳥　柊の花

深き森時鳥呑み微動する　樋口嘉代子

ホトトギス一声鳴きて親ならず　久衛

外つ国の友やWhere is hotogisu?　ひでやん

時鳥消えゆく村へオルゴール　人見直樹

高々と坂道目指し時鳥　ぴめーざ

訛きく母亡き里や不如帰　姫川節子

三歳の深き溜め息ほととぎす　姫山りんご

時鳥静寂破るロ長調　平野ケプラー晶子

静やかに初音を待ちぬ時鳥　ひろのじょう

病む夫の背さするまたホトトギス　ふきょう和音

時鳥キュピョピョピョ嘘を奏でけり　ふくろう悠々

人の世の憂ひは無縁時鳥　藤田康子

時鳥是より南木曽に入る　風良子

挿秧を山時鳥急かすかな　ペケポン

高野山墓標と聞くや時鳥　細田直人

ほととぎすすべての窓を開け放す　ぼたんのむら

時鳥のこる仮設の灯はひとつ　凡鑚

君らしく生きているかと時鳥　前畠一博

幼稚園またあしたねと時鳥　松永和子

時鳥の一声に吾目覚めけり　松永裕歩

「東京は卒業したの」ほととぎす　松山帖句

おかあさんと呼ばるる母に時鳥　まどん

ほととぎす兄となる子の泣きやんで　豆田こまめ

愛犬を悼む朝焼ほととぎす　豆蘭

ウェディングドレス縫ひをへほととぎす　まゆ熊

闇にさす紅きルージュよ時鳥　丸山ま美

「忘れぬ」と過疎深山の時鳥　まろ

時鳥球児ら誓う声の空　水間澱凡

山影の暮れてなほ鳴くほととぎす　みなと

この峠山賊おるぞほととぎす　都乃あざみ

時鳥一節のみの協奏曲　美山

不如帰空の向こうへ共に行かむ　宮村令

閃光にたぢろぐ不如帰の黙　村上無有

みぞれ玉ソプラノになる時鳥　モッツァレラ二号

老犬の眼に映る木々ホトトギス　森尻恵美子

山響へ暫時震撼不如帰　森青甸

ほととぎす嗤えお産を進める散歩　森なゆた

ちさき子のないしょ話やほととぎす　矢的

ほととぎす遠くぼた山二つ三つ　八幡風花

慰霊碑へ辿る山道時鳥　山口良子

ほととぎす撫でて秘話読む遭難碑　山崎点眼

時鳥治承寿永の響あり　山つつじ

展望の利かぬ山なり時鳥　山本啓

キョカキョクの滑舌硬し時鳥　雪うさぎ

天青くぬた和へ小鉢時鳥　雪猫

焼跡の庭の芯飯時鳥　ゆすらご

時鳥称呼番号解ける朝　欲句歩

千枚田海へ日は入りほととぎす　誉茂子

時鳥チカラ溜め鳴く「起きさいや」　礼山

名刺には本名ひとつほととぎす　勿忘草

水だけを湛えたる田を時鳥　笑松

凡例

紹介した俳句の中には、複数の表記が存在するものがありますが、本書は『カラー版 新日本大歳時記』（講談社・1999〜2000年）を底本としております。また、底本に記載のない俳句については、元句を尊重したうえ、読みやすさの点から基本的には踊り字は使わず、新字体を使用しております。なお、読み方の不明のものについては、ふりがなを記載しておりません。

参考文献

『花神コレクション［俳句］鈴木真砂女』（花神社・1993年）
『虚子編 新歳時記 増訂版』（三省堂・1951年）
『現代の俳句／平井照敏編』（講談社・1993年）
『現代俳句集成』（立風書房・1996年）
『現代俳句文庫 茨木和生句集』（ふらんす堂・1992年）
『女流俳句集成 第一巻』（立風書房・1999年）
『新実作俳句入門』（立風書房・2000年）
『新訂 一茶俳句集』（岩波書店・1990年）
『図説 俳句大歳時記〈全5巻〉夏』（角川書店・1964年）
『セレクション俳人4 大木あまり集』（邑書林・2004年）
『セレクション俳人12 筑紫磐井集』（邑書林・2003年）
『セレクション俳人20 正木ゆう子集』（邑書林・2004年）
『高濱年尾・大野林火集 現代俳句の世界12』（朝日新聞社・1985年）
『秀句三五〇選2 鳥』（蝸牛社・1989年）
『森澄雄・飯田龍太集 現代俳句の世界15』（朝日新聞社・1984年）

投句募集要項

夏井いつきが選ぶ！
「月」の俳句大募集！

●本書綴じ込みの投句用はがきを使用して郵送で応募してください。1枚のはがきで1作品の応募となります。「月」の傍題の俳句も可。未発表・既発表は問いません。楷書でご投句ください。なお、投句用はがきの仕様を守れば（必要事項をもれなく記入）、郵便・私製はがき1枚で1作品の応募をすることも可能です。

●締め切り・入賞発表：
◎兼題「月」 2018年7月20日（金）必着
⇒『夏井いつきの「月」の歳時記』で発表
※入賞結果の通知は書籍の刊行をもってかえさせていただきます。
※句、俳号（または氏名）が掲載されます。

●選者：夏井いつき

●応募作品へのお問い合わせ、訂正はご遠慮ください。
作品は返却いたしませんので必ずコピーをお取りください。

●免責事項：諸事情で歳時記シリーズが刊行されない場合は、発行元の公式ホームページでの掲載となります。
http://www.sekaibunka.com/

夏井いつき（なつい・いつき）

1957年生まれ。松山市在住。8年間の中学校国語教諭経験をへて俳人に転身。俳句集団「いつき組」組長。『プレバト!!』（MBS/TBS系）、『NHK俳句』などテレビ、ラジオのほか、雑誌、新聞、webの各メディアで活躍中。「100年俳句計画」の志のもと、俳句の豊かさ、楽しさを伝えるべく、俳句の授業〈句会ライブ〉、全国高等学校俳句選手権大会「俳句甲子園」の創設に関わり、俳句の指導にも力を注ぐ。朝日新聞愛媛俳壇選者、愛媛新聞日曜版小中学生俳句欄選者。2015年より俳都松山大使。『夏井いつきの超カンタン！俳句塾』『夏井いつきの「雪」の歳時記』『夏井いつきの「花」の歳時記』（小社）、句集『伊月集 龍』（朝日出版社）、『2018年版 夏井いつきの365日季語手帖』（レゾンクリエイト）ほか著書多数。

ブログ　夏井いつきの100年俳句日記
http://100nenhaiku.marukobo.com

装丁　岡本デザイン室
イラスト　石玉サコ
音源提供　上田ネイチャーサウンド
撮影（著者）　伏見早織（世界文化社）
ヘアメイク　中田有美（オン・ザ・ストマック）
着付け　宮澤 愛（東京衣裳株式会社）
衣裳協力　株式会社東郷織物
写真レイアウト原案　篠崎ふみ（夏井＆カンパニー）
執筆協力　ローゼン千津・八塚秀美・家藤正人・美杉しげり（夏井＆カンパニー）
中国語協力（Part6）　毛 智
編集協力　印田友紀・中嶌邦子（smile editors）・五十嵐有希
編集　三宅礼子
校正　株式会社円水社

夏井いつきの「時鳥」の歳時記

発行日　2018年6月15日　初版第1刷発行

著者　夏井いつき
発行者　井澤豊一郎
発行　株式会社世界文化社
〒102-8187
東京都千代田区九段北4-2-29
電話03-3262-5118（編集部）
電話03-3262-5115（販売部）
印刷・製本　凸版印刷株式会社

ISBN978-4-418-18218-3